우주와 자연 그리고 삶에 대하여

지구별에
도착하셨습니다

박태성 지음

KB034360

산지니

지구별에 도착하셨습니다

우주와 자연 그리고 삶에 대하여

지구별에 도착하셨습니다

초판 1쇄 발행 2023년 8월 24일

지은이 박태성
펴낸이 강수걸
기획실장 이수현
편집장 권경옥
편집 이선화 강나래 신지은 오해은 이소영 김소원 이혜정
디자인 권문경 조은비
펴낸곳 산지니
등록 2005년 2월 7일 제333-3370002510020050000001호
주소 부산시 해운대구 수영강변대로 140 BCC 613호
전화 051-504-7070 | 팩스 051-507-7543
홈페이지 www.sanzinibook.com
전자우편 sanzini@sanzinibook.com
블로그 sanzinibook.tistory.com

ISBN 979-11-6861-167-2 03810

'영원한 사랑'은
돌고 도는 우주(자연)의 본질이며
과학적 진실이기도 합니다.
청년들에게 이 책을 바칩니다.

머리말

우주 원리를 한 단어로 표현하면 '연결'일 것입니다. 시간과 공간, 사람과 사람, 사람과 사물, 육체와 정신 간의 연결은 바닷물 속에 담긴 스펀지같이 함께 스며들어 있다는 것을 깨닫습니다. 저는 그러한 연결을 깨달음으로써 함부로 행동할 수 없었으며, 생명체도 함부로 대할 수 없었습니다. 우리 행동은 우주 끝까지 메아리치며 존재하는 것들에 영향을 끼칩니다. 심지어 풀 한 포기 생멸조차도 우주에 파장을 준다고 합니다.

아침의 나이에서 저녁의 나이로 페이지를 넘기면서 우주적 시간에 대한 탐구는 왜 자연을 지켜야 하는지, 왜 책임지는 삶을 살아야 하는지, 왜 타인을 사랑해야 하는지를 가르쳐 주었습니다. 그런데 때늦은 깨달음은 늘 후회를 동반합니다. 제가 조금이라도 더 일찍 우주적으로 느끼고 넓게 생각했다면, 제 인생은 달라졌을 것입니다. 처음에는 아들딸에게 전하는 '우주와 자연, 인생 이야기'로 발간하려 했습니다. 그런데 출판사에서 독자층을 더 넓히면 좋겠다는 제안이 들어와 받아들였습니다. 우주와 자연, 삶에 관한 때늦은 깨달음을 청소년과 청년기에 있는 여러분들과 소통하고 싶습니다.

30여 년 기자 생활을 하면서 가장 잘할 수 있는 것을 생각해봤습니다. 그것도 우주적 섭리와 긴밀히 맞닿아 있는 '연결'이었습니다. 언론인으로서 연결과 관련된 일을 꾸준히 해온 것은 저에게 펜을 들 수 있는 용기를 주었습니다. 기사와 독자의 연결, 사건과 사건의 연결, 가진 자와 못 가진 자, 이상과 현실을 연결하는 중재자 직업이었습니다. 그 덕분에 두루 세상을 살펴보고 많은 사람을 만날 수 있었습니다. 주위에 널린 사실들을 연결, 재생성해서 기사와 칼럼이란 '작은 우주들' 역시 부지런하게 만들었습니다. 우주학자 칼 세이건이 "아무 준비 없이 사과파이를 먹으려면 꼭 우주를 먼저 생성해야 한다"라고 한 말의 연장선상에 있다고 할까요.

이 책에서는 우주와 자연의 섭리를 일상 사건들과 연결하려 노력했습니다. 속세를 떠난 수행자, 묵언의 종교인들과는 조금은 다른 맛을 내려고 했습니다. 현실과 다소 거리가 있는 경전이 아닌, 속세의 때가 약간 묻은 현자의 태도를 지향했습니다. 그렇게 하는 게 여러분들에게 더 와닿을 거라는 생각을 했습니다. 용기를 내어 제 머리와 심장에 깊이 박혀 있는 '중재자'란 펜을 서랍에서 다시 꺼냅니다. 쉽게 전달하려는 노력은 했어도 어려운 부분이 남아 있다면, 그것은 순전히 저의 졸필에서 비롯되는 것입니다. 삶의 본질에 관한 물음에 뼈대를 완성하며 살을 붙이는 것은 온전히 여러분들의 몫입니다.

우주 탐구는 정신 이상한 사람의 유희거리가 아닙니다. 절대 도달할 수 없는 아주 먼 곳을 더듬거리는 행위도 아닙니다. 우리 발아래, 몸 안에, 일상 곳곳에 우주가 있습니다. 누군가에게 우주는 일이며, 사랑하는 사람이며, 게임과 힙합과 노래일 수 있습니다. 우주 곳곳이 우주 중심입니다. 여러분들이 현재 서 있는 시공간이 바로 우주 중심입니다. 흡사 풍선의 모든 곳이 중심이듯 말이죠.

우리 들숨과 날숨은 수축과 확장이란 우주의 호흡과 맞닿아 있다는 것을 느낍니다. 그 우주의 호흡으로 이끼, 공룡, 표범, 단풍나무, 비틀스와 여러분들이 지상에 발을 들여놓았습니다. 우리는 단순히 한 국가의 국민이 아닌, 우주의 시민입니다. 개미 떼같이 전쟁을 하며, 기를 쓰고 높은 지위에 오르려 하며, 나이를 따져 시비가 붙고, 서로가 차별하는 것을 관찰하고서 신은 헛웃음을 지을 것입니다. 우주적 차원에서 생각하는 것은 여러분들을 한 단계 더 높은 곳으로 이끌 것입니다.

인생 선배로서 여러분들에게 꽉꽉한 사회를 물려주었다는 부끄러움 역시 많습니다. 이 책에는 저의 성찰적 자세도 많이 담겨 있습니다. 고백에 가까운 글이 여물어져 여러분들에게 귀중품이 되었으면 좋겠습니다. 축구 경기장에서 프리킥할 때, 단 몇 인치라도 앞선 지점에 볼을 놓아주려 애쓰는 선배 선수의 심정으로 글을 집필했습니다. 또 경기장에서 작전과 전략을 세우는 감독과 코치의 심정도 들어 있습니다. 관중석에 앉아 '파이팅!'을 외치며 응원하는 격려의 메시지도 들어 있습니다. 더 중요하게 생각했던 것은 여러분들과 '원 팀'이 되어 알 수 없는 생의 두려움에 맞서 '사랑과 연대의 패스'를 찔러 주는 것이었습니다.

누구든지 '나는 누구인가', '나를 찾아서 떠나는 여행' 같은 존재적 고민을 많이 했을 것입니다. 그런 생각과 궁금함을 외면하지 말고, 일생 동안 달고 다녔으면 좋겠습니다. 일상의 사소한 것에서라도 경이로움을 느낀다면 태곳적 에너지가 생활 속으로 스며들어 옵니다. 그러는 사이에 한 단계 더 높은 곳에 서 있는 '나'를 발견합니다.

고백건대, 저 역시 이 책의 서술들과 일치하지 않는 행동을 할 때도 더러 있습니다. 가끔씩 종이 위에 사는 내가 아닌, 종이 밖에 있는 나를 발견하기도 합니다. 그럴 경우, 책갈피를 들춰내며 스스로에게 경고합니다. 여러분들 덕분에 생각을 정리하고 확장할 수 있었는데, 거기에 더해 이 책을 제 인생의 회초리로도 삼을 수 있겠습니다. 여러분들에게 감사를 표시합니다. 이 책을 쓰는 내내 정신적인 힘이 되어 주었던 저의 아내와 아들딸에게도 이 책을 바칩니다. 또 격려와 조언을 아끼지 않은 산지니 출판사 강수걸 대표와 이수현 기획실장, 이선화 편집자님에게도 깊은 감사를 이 기회에 전합니다.

책 종이에 남아 있는 생각의 파동이 공명을 불러일으켜 우주로, 여러분에게로 닿기를 기대합니다. Sine te non Sum!(그대가 없으면 내가 될 수 없다!)

차례

머리말   7

1부 **우리들의 청년**

실패를 두려워하지 맙시다   17

이 순간이 전부가 아닙니다   22

원하면 주어집니다   29

우주에서 사랑의 역사는?   35

일상의 경이로움   43

스스로 빛을 내는 청년들   49

스페셜리스트가 아닌, 제너럴리스트   53

어떤 노력도, 고민도 헛되지 않습니다   58

억지로 하지 맙시다   63

글 쓰는 여행을 떠납시다   67

'좋아요'에 찍힌 씁쓸함   73

바람이 전하는 고독과 침묵의 언어   77

인간 진화의 끝은 정신?   84

불안과 우울, 강박에 대한 작은 의견   88

호흡으로 화 다스리기   95

법률가의 사회, 시인의 사회   99

머뭇거림과 양자물리학   102

뜬구름 같은 소리?   106

천재성은 땀과 의지의 산물　　　　　　　　111
우리는 왜 예술을 할까요?　　　　　　　　115

2부　자연과 생의 속삭임

자연의 단순함과 '먹방'　　　　　　　　　121
도시 텃밭에서 얻는 기쁨　　　　　　　　127
벚꽃 예찬　　　　　　　　　　　　　　132
조물주가 인간에게 특혜를?　　　　　　　136
혼자 할 수 있는 것은 없습니다　　　　　142
우리의 인연은 특별합니다　　　　　　　149
여성이 살기 좋은 곳이 남성도 살기 좋은 곳　154
원자들에게 휴가를 줍시다　　　　　　　159
인생은 충분히 깁니다　　　　　　　　　163
자연과학과 영적인 것　　　　　　　　　168
가을 낙엽, '두 번째 꽃'　　　　　　　　173
인간과 나무 혈액형은 같습니다　　　　　176
죽음에 관한 단상　　　　　　　　　　　183
아름다운 노인들　　　　　　　　　　　189
따뜻한 애정의 추를 단 저울　　　　　　194
지난 기억들 간직하기　　　　　　　　　198
낙제생　　　　　　　　　　　　　　　203

맺음말 | Why not? Just Do It!　　　　　　209
부록 〈어떤 수소 여행기〉　　　　　　　　213

1부

우리들의
청년

실패를 두려워하지 맙시다

단 한 번뿐인 인생에서 기회는 몇 번 정도 찾아올까요? 어떤 경우는 귀찮은 일거리로 가장해 오기도 합니다. 실패의 두려움에 가려 스스로 찾아온 기회들을 쫓아내지 않았으면 좋겠습니다. 원시 인류는 미지의 자연 현상에 대해 늘 걱정하고 불안해야 생존 확률을 높일 수 있었습니다. 덤불 스치는 알 수 없는 소리에 제때 반응하지 않으면 언제 생명을 잃을지 몰랐습니다. 그런 유전자가 아직까지 남아 있어 불필요한 걱정이 우리 앞을 가립니다. 그런데 지금은 상황이 많이 다릅니다. 한 가지 목표에 대한 경우의 수가 10개라면, 9개 정도는 쓸데없는 걱정으로 기회를 놓치는 경우가 더 많습니다. 셰익스피어는 "우리의 의심이 곧 배신자다. 우리에게 찾아올지 모를 좋은 것을 잃게 한다"라고 했습니다.

어떤 기회를 원하는지는 사람에 따라서 다릅니다. 농부

는 많은 수확물을 거두는 게, 정치인은 많은 표를 얻는 게, 사업자와 금융인은 많은 돈을 끌어 모으는 게, 직장인은 승진하는 게, 부모는 아이 교육을 잘 시키는 게, 자영업자는 손님을 많이 오게 하는 게, 종교인은 영성을 가득 채우는 게, 체육인은 단단한 근육을 키우는 게, 예술가는 창작의 영감을 불러일으키는 것이 원하는 기회입니다.

무엇을 선택할지는 여러분 몫입니다. 설령 어떤 일을 추진하다가 잘못되어도, 인생에 손해될 일은 아닙니다. 실패하지 않았습니다. 여러분은 단지 작동하지 않는 방법을 배웠을 뿐입니다. 실수를 했기에 연민을 가지며 더 관심을 가집니다. 추락이 예상치 못한 순간에 찾아왔듯, 비상의 순간도 예상치 못할 때 찾아옵니다. "오늘의 위기는 내일의 조크다"란 말이 있습니다. 시행착오 경험은 뇌에 각인돼 똑같은 실수를 반복하지 않게 시간을 절약해줍니다. 실패는 나무의 겨울눈과도 같습니다. 나무는 봄에 씨앗을 다시 뿌리지 않아도 지난해 성장이 멈춘 그 자리부터 다시 자랍니다. 그 자리가 겨울눈이 있는 곳입니다. 실패는 시야를 넓혀주는 눈이 되어 다시 출발해야 하는 성장점을 정확히 알려 줍니다.

미국의 전설적인 홈런왕 베이브 루스는 718개의 홈런을 치는 동안, 1,330번의 삼진아웃을 당했습니다. '해리 포터' 시리즈를 쓴 조앤 롤링도 10차례 넘게 출판사에서 퇴짜를 받았습니다. 커피 체인 스타벅스를 설립한 하워드 슐츠는 은행과 투자자들로부터 무려 242번을 거절당했다고 합니다.

일상에서도 도전할 것들은 많이 있습니다. 공부 목표를 정해서 성적을 조금씩 올리든, 낯선 곳으로 여행을 하든, 전혀 모르는 악기를 다루든, 새로운 운동을 하든지 간에 괜한 걱정과 이해득실을 따지지 않는 게 현명합니다. 저는 언론사 입사 15년 무렵에 영국에서 특파원 취재와 공부를 함께하기로 결심했습니다. 당시는 국제금융 위기가 닥쳐 사회 전반적으로 매우 어려웠습니다. 저희 언론사 역시 기존 해외특파원들을 전부 철수하는 시점인데도, 회사를 끈질기게 설득한 끝에 결국 성취했습니다. 여러 가지 난관들도 많았습니다. 지금 생각하면 불가능에 가까운 일이었습니다. "자기 생각을 믿는 것, 이것이야말로 비범한 재능이다"란 말을 그 당시에 새겼던 덕택입니다.

기적은 진공 상태에서 발생하지 않습니다. 기적은 시련의 다른 이름입니다. 공기가 없는 진공 상태에서 새가 날 수 있을까요? 바람과 공기의 저항이 있어야 비상할 수 있습니다. 축구스타 손흥민 선수는 멋지게 도약하려면 시련을 꼭 거쳐야 한다는 것을 가르쳐 줍니다. 그 역시 무명 시절이 있었고 혹독한 연습 끝에 꿈을 성취했습니다. 이른바 '손흥민존'이라고 불리는 곳에서 자유자재로 슛을 날려 골 맛을 봅니다. 골대 그물망까지 포물선을 그리며 날아오르는 볼은 그의 지난한 노력의 궤적입니다. 영국 프리미어 리그에서 아시아인 최초의 득점왕이 되기까지 얼마만큼 많은 실패와 좌절을 맛봤을까요.

전혀 낯선 곳에서의 경험이 인생을 오히려 더 풍성하게 해줍니다. 언론사에서 사표를 강요받다시피 하면서 떠난 기자들이 오히려 새로운 영역에서 더 멋진 삶을 사는 경우도 많습니다. 우리는 낭떠러지에서 떨어져도 스스로를 끌어올릴 날개를 갖고 있습니다.

연어가 오늘날 번성하게 된 이유가 무엇일까요? 연어 가운데 일부는 원래 태어난 곳으로 회귀하지 않습니다. 연어는 알다시피 회귀본능이 있어 고향으로 돌아와서 새끼를 낳고는 장렬한 죽음을 맞습니다. 그런데 엉뚱한 곳에 정착한 연어들 덕분에 종의 다양성이 풍성해졌습니다. 벌도 비슷합니다. 정찰벌이 알려준 대로 따르지 않고 다른 곳에서 벌집을 짓고 정착한 벌들로 인해 종족이 다양해졌습니다. 물론 처음에는 실패란 비난을 눌러 쓴 채 많이 혼란스럽고 당황했겠지요. 하지만 그런 외부 시선을 아랑곳하지 않았기에 종족 번성이 가능했습니다.

돌고래가 아무리 영리하다고 해도, 하늘과 우주를 볼 수 없습니다. 실패의 걱정에 가려 스스로를 옥죄면 높은 곳에 오르기가 어렵습니다. 수많은 별의 탄생과 사멸을 거친 후에 태어난 여러분은 존재 그 자체로 위대합니다. 우주 역사를 살펴보면 생명을 탄생시키기 위해 엄청난 에너지와 공을 들였다는 것을 알 수 있습니다. 여러분은 지구 생명사의 희박한 가능성 속에서 엄청난 경쟁을 뚫고 성공한 기적입니다. 별들의 심장에서 태어난 여러분은 서로에게 별표를 달아주며 자신 있게 도전할 특권을 가지고 있습니다. "그 두 점은 꼭 연결돼 있습니다. 이것을 믿으세요." 스티브 잡스가 한 말입니다.

이 순간이 전부가 아닙니다

유년기 삶이 자동차에 실려 자기 의지와 상관없이 움직였다면, 청소년기는 타인과 버스를 함께 탑니다. 청년기에 이르러서는 제 발 근육으로 자전거를 타며 목적지로 향합니다. 어린 시절에는 의사 표시가 어려워 물방개가 아무리 헤엄쳐도 그 자리를 계속 맴도는 것과 같습니다. 그런데 청소년과 청년기에는 새가 활짝 날아오르듯이, 날개를 펼칠 기회가 많습니다. 날개를 펼쳤다는 것은 목적지가 사방에 깔려 있다는 것을 의미합니다.

주위에 기회들이 널렸는데도, 현재 순간이 전부인 양 비관적으로 머물러 있는 것은 어리석은 일입니다. '심기일전'의 뇌 심리학이 있습니다. 뇌는 에너지를 절약하기 위해 최근의 기억을 먼저 떠올리는 관성이 있습니다. 새로운 행동을 과감히 시행하면 최근 행동이 뇌에 가장 큰 영향력을 끼치면서 생활 습관이 바뀌는 경우입니다. 느닷없이 찾아오는 고민과 좌절에 위축돼 어깨를 움츠리며 인생을 방황할 필요가 없습니다.

저 역시도 가족 관계의 어려움을 겪었습니다. 주위에 그다지 의지할 곳도 없었습니다. 청소년기와 청년기 오랫동안을 무기력한 상태에 젖어 있었습니다. 입시공부가 너무 힘들어 다음 시간은 없다는 듯, 여기를 언제 벗어날 수 있을까, 한숨 쉰 적도 많았습니다. 직접 돈을 벌어 자유로운 삶을 사는 어른들이 부럽기도 했습니다. 그런데 결국 어른의 시간은 찾아왔습니다. 군 복무할 때에도 제대일은 영원히 없을 것 같은 이상한 착각과 무력감에 젖어 있기도 했습니다. 그런데 결국은 제대했습니다. 시간이 더 흐르면서 언론사 입사와 함께 결혼을 했고 삶에 어떤 활력이 생겼습니다. 지금은 당시의 어려웠던 순간들이 아련한 추억으로 남아 있습니다. 살아야 하는 목적과 그 목적에 의미를 주는 대상들 덕분에 과거의 방황은 이미 옛날 일이 되어버리는 것을 경험했습니다.

여러분들이 맞닥뜨린 현재 상황은 여러분들 잘못이 아닙니다. 날개를 펼쳐 목표를 세운 후 사랑할 대상들을 가지면 우울하고 무기력한 기분은 사라질 수 있습니다. 그것이

취미든, 공부든, 사람이든, 목표든 모두 좋습니다. 사랑의 대상들은 삶의 자극을 줍니다.

이 순간이 전부가 아닙니다. 여러분의 고민과 방황은 인생의 여러 모서리들 가운데 한 곳에서 나타나는 현상일 뿐입니다. 한 모서리에서 달갑지 않은 감정들이 있으면, 다른 모서리에서는 좋은 감정들을 언제든지 맛볼 수 있습니다. 이것이 자연의 이치입니다. 슬픔이 없다면 기쁨은 느낄 수도 없습니다. 영원한 기쁨이 있는 곳에서는 기쁨 자체가 무엇인지 모를 것입니다. 영원한 삶이 계속된다면 '내'가 없는 것 아닐까요?

〈사건의 지평선〉, 〈오르트 구름〉, 〈살별〉, 〈블랙홀〉 같은 우주적 색채의 곡으로 인기를 끌고 있는 가수 윤하도 "어려운 상황에서는 벽이 막혀 있다고 여기기 쉽지만, 그 너머에는 무한한 세상이 펼쳐져 있다"라고 이야기합니다.

물리학에 '열역학 제1법칙', 이른바 '에너지 총량의 법칙'이 있습니다. 우주 에너지가 한정돼 한 곳에서 에너지를 쓰면, 다른 곳에서는 줄어든다는 법칙입니다. 즉, 현상들은 '더 이상도 더 이하도 아니다'란 말입니다. 뭔가를 잃으면 꼭 뭔가를 얻게 돼 있습니다. 반대로 뭔가를 얻으면 꼭 뭔가를 잃게 돼 있습니다. 이어지면 그치고, 피면 지고, 뜨면 가라앉고, 만나면 헤어지고, 기쁘면 슬프다는 것…. 너무 평범한 이야기인데, 그것이 때로는 너무 슬프기도 합니다.

이 깨우침이 아주 구체적으로 다가온 적이 있습니다. 어느 날 2시간 가까이 산책하면서 너무 힘이 들어 집 근처 공원 모서리를 숨이 차게 돌았습니다. 그런데 신기하게 반대편에서 오는 주민들 표정은 느긋했으며 숨 가쁘지도 않았습니다. 그 모서리는 저의 종착지였고 반대편 주민의 출발지였습니다. 지는 해 반대쪽 사람은 뜨는 해를 목격하는 것과 같은 이치입니다.

인생의 극히 작은 모서리에서 맞닥뜨린 좌절로 극단의 선택을 하기도 합니다. 이는 몸속 이기적 원자들에게 굴복하는 행위입니다. 인간과 원자들은 일종의 계약을 합니다. 인간은 생명의 향연에 원자들을 불러 모읍니다. 그 대가로 원자들은 우주에서 흔치 않은 현상인 생명 활동이란 달콤한 향연을 누리는 모험을 합니다. 그런데 원자들이 인간의 끊임없는 활동에 너무 지치면, 계약 위반을 내세워 때로는 반란을 일으키기도 합니다. 그것은 죽음으로 이어지기도 합니다. 원자들은 인간 몸에 갇히기 전 태초의 자유를 원합니다. 사람이 죽고 난 후에야 원자들은 허공 속으로 자유롭게 탈출하는 것이죠.

그래서 가끔 부정적인 감정을 선동하며 부추기기도 합니다. 거짓 선동에 속지 않아야 현명합니다. 동식물들은 원자들 유혹과 선동에 단호하게 대처합니다. 스스로 목숨을 끊는 일은 없습니다. 때로는 원자들에게 휴식을 주면서 협상합니다. 원자들 요구가 너무 집요하면 죽은 세포를 붙이고 다니기도 합니다. 나무껍질 대부분은 죽은 세포로 구성돼 있다고 합니다. 겨울에도 완전히 죽은 듯이 지내면서 원자들에게 적절한 휴식을 주는 것이지요. 죽은 것 같았던 나무와 들풀들은 원자들의 소동과 강추위를 제압한 후, 봄의 대지를 솜털같이 부풀게 합니다.

부정적 감정들이 갑자기 밀려오면 거짓 자아의 선동이라고 여기며 모른 체하십시오. 다른 모서리에서 맛볼 수 있는 즐거운 순간들을 상상하는 것도 좋습니다. 우주에는 우리의 미약한 감각으로는 도저히 알 수 없는 황홀한 순간들이 지천으로 깔려 있습니다. '지금 이 기분이 전부가 아니다'란 것입니다. '에너지 총량의 법칙'같이, '기분 총량의 법칙'도 있습니다. 불안할 때가 있으면 행복할 때가 있고, 우울할 때가 있으면 즐거울 때도 있습니다.

우리가 미처 생각지 못하는 시공간은 분명히 있을 것입니다. 매서운 한파를 뚫고서 피어난 매화꽃이 바로 곁에 예쁘게 피어 있다는 사실도 알지 못하는 우리가 아닌가요? 기쁨 넘치는 삶과 정신은 눈으로는 잘 볼 수 없는 법입니다. 따라서 미약한 우리들은 눈물을 계속 흘릴 수밖에 없습니다. 그런데 우리를 살아 있게 해주는 따뜻한 몸과 심장이 있어야 눈물도 흘릴 수 있습니다. 상갓집에서 내주는 따뜻한 국밥 한 그릇같이 말이죠.

미래에 대한 과도한 두려움을 가질 필요가 없습니다. 여러분은 모든 게 처음입니다. 괜한 걱정들이 스스로를 위축시킵니다. 누구도 완벽하지 않으며 그럴 수도 없습니다. 뇌가 인식하는 정보는 희미한 윤곽의 데생 이미지와 비슷하다고 합니다. 우리가 인식하는 세상이 한계를 가질 수밖에 없는 이유입니다. 차츰 나이가 들면, 그 시절에 쓸데없는 고민들을 왜 했는지 의아할 정도입니다. 자꾸 시도해보면 모든 게 다 괜찮아집니다. 어린 새들 역시 노래를 배울 때 첫 음을 빼먹기도 하며 음정이 들쭉날쭉합니다. 계속 반복하면 언제 그랬냐는 듯 의젓한 성체 소리를 냅니다. 최근 텔레비전과 SNS에서 미래를 상품화해 두려움을 부추기는 것도 불안과 두려움의 원인 가운데 하나입니다. 상업적 목적이 있으니 개의치 않는 것도 좋은 방법입니다. 무엇보다 적절한 휴식을 가지십시오. 인생을 멋지게 완성하려면, 원자들과 협동하면서 해야 할 것들이 많이 있습니다. 멋진 무대를 펼친 후, 나이가 들어 떠나야 할 때는 원자들을 자유롭게 놓아 주십시오. 동고동락한 원자들과 함께 여러분은 양자적으로 얽혀서 영원이라는 먼 여정을 다시 떠날 것입니다.

원하면 주어집니다

존 레논과 나는 언제든 공책을 펴놓은 채 옆에 앉곤 했다. 첫 페이지 상단에 '레논과 매카트니의 오리지널'이란 제목을 붙인 후 생각하는 대로 무엇이든 썼다. 공책 한 권이 그렇게 빽빽하게 채워졌다. 다음 세대는 우리가 최고의 밴드가 될 것이란 꿈으로 가득 채워진 공책이었다. 그리고 우리는 그 꿈을 이뤄냈다.

_폴 매카트니

무언가를 강렬하게 원하면 얻을 수 있습니다. 종이에도 적고, 마음속에도 이미지를 강하게 그리면 주어집니다. 수사물 영화에서 형사들이 사건과 관련된 사진, 이미지와 증거들을 사방에 붙여놓는 것도 그러한 이유입니다.

미국 명배우 짐 캐리는 어릴 적 너무 가난해 험한 아르바이트를 많이 했다고 합니다. 할리우드 일을 시작할 당시에도 거의 빈털터리였습니다. 그래서 그는 1천만 달러짜리 수표에 지급일을 '5년 후'로 적어놓았다고 합니다. 수표 메모난에 "그대 노력에 대한 사례금"이라고 적고서는 품속에 늘 넣어 다니면서 돈을 갖는 상상을 했습니다. 불과 몇 년이 흐른 후 그는 영화 한 편당 2천만 달러 이상의 고액 출연료를 받는 스타가 되었습니다. 원하는 것을 얻어낸 강력한 시각화 사례입니다. 성공한 자들은 목표 지점의 끝에서부터 생각합니다. 목표가 물질적 형태로 출현하기 전에 미리 경험하면 잠재의식으로 인한 효과를 봅니다.

식물도 간절히 원하면 더 오래 꽃을 피웁니다. 지난봄, 아파트 벚꽃과 산 벚꽃을 유심히 본 적이 있습니다. 도시 벚꽃은 일찍 지는 데 비해, 산 벚꽃은 오랫동안 꽃잎을 활짝 피우고 있었습니다. 그 이유를 생각해 봤습니다. 도시 벚나무는 꽃을 오래 피우지 않아도, 인간이 매개하는 벚나무 묘목이 있어 후대 걱정을 하지 않아도 됩니다. 따라서 에너지가 많이 투입되는 꽃잎을 일찍 떨어뜨리는 전략을 씁니다. 벚나무 열매인 버찌를 맺을 이유도 없습니다. 그런데 산 벚꽃은 묘목이 없어 꿀벌을 불러들이기 위해 '영업시간을 연장하는 전략'을 씁니다. 간절히 원하니 꽃도 오래 피는 것이지요. 산 벚나무에서는 버찌 열매도 볼 수가 있습니다.

원하지 않으면, 자연은 에너지 공급 지점을 알 수가 없습니다. 성취는 간절히 원하는 사람에게 열리며, 요청하는 사람에게 다가옵니다. 먼 우주에서 오는 텔레파시도 한정된 자원이어서 간절히 원하는 사람만 그것을 받을 수 있습니다. 톨스토이는 이런 상태를 비유적으로 표현했습니다. "아주 건조해 싹이 틀 수 없게 된 씨앗은 습기를 머금은 채 움트려 하는 씨앗 상태를 이해하지 못한다. 태양은 이미 싹트기 시작한 것에만 오직 생명을 주는 것을 깨달아야 한다."고 했습니다. 영어 단어 '발생하다(take place)'는 '자리를 차지하다'는 뜻도 있습니다. 자리를 차지하고 있어야 외부 에너지가 도와주며 '사건'은 발생합니다. 들판에 핀 봄 야생화들은 1년 내내 끈기 있게 기다리다가 준비를 막 끝낸 대지가 'OK' 신호를 주면 지체 없이 꽃을 피웁니다. 희망의 씨앗은 자연에 골고루 뿌려져 있습니다. 그런데 제각각 그것을 받아들이는 열정과 자세의 차이로 특정 장소에서의 성공과 실패를 구분 짓습니다.

'원하면 얻는다'라는 말은 물리학적으로도 입증되고 있습니다. 우주에 존재하는 것들은 원자 운동에 의해 진동을 합니다. 어떤 생각이 떠오르면 숨기기 어려워 표정과 몸짓으로 표현됩니다. 이는 뇌 속 원자들의 진동이 이미 시작되었다는 것을 의미합니다. 우리 생각까지도 뇌 속 뉴런 원자 진동으로 인해 허공에 퍼진다고 합니다. 허공은 그래서 공적 공간이라고도 합니다. 사고 작용은 전파되며 우주에 영향을 끼칩니다. '원인 없는 결과란 없다'는 불교 연기론을 현대물리학에서 과학적으로 밝혀내고 있습니다.

간절한 '인풋'을 뇌에 주입하면, 우주 어느 곳에서 '아웃풋'이 생성됩니다. 인풋은 공간이 텅 비어 있거나 물렁물렁한 구조에서 더 효율적일 것입니다. 우주가 텅 비어 있는 상태란 것도 과학적으로 입증되고 있습니다.

우리 몸속도 텅 비어 있어 진동들이 자유롭게 들락날락합니다. 원자는 원자핵과 전자로 구성됩니다. 그런데 원자핵과 전자 간의 거리는 엄청 멀리 떨어져 있습니다. 즉 원자의 99.99999999%는 빈 공간이라는 것입니다. 인체를 압축시키면 40밀리미터 정도 크기의 구형체에 집어넣을 수 있다고도 합니다. 요술램프에 사람이 들락날락하는 마법 같은 행위도 가능하겠지요. 원자 내부가 가득 차 있다면, 사람 몸무게로 인해 밟고 서 있는 땅은 움푹 꺼질 것입니다. 또 사람 새끼손가락 한 개 무게가 무려 90억 톤에 이르게 됩니다.

여러분들 몸이 원자로 구성돼 있다는 게 믿기 어려운가요? 그러면 종합영양제가 철, 아연, 망간, 인 같은 성분들이란 것을 참조하면 됩니다.

하루에 1백 톤가량의 우주 먼지 입자들이 지구로 날아 들어온다고 합니다. 텅 빈 인체 속으로 우주 입자들은 수시로 들락날락하는 것이지요. 우리가 인지하지 못할 뿐입니다. 우리는 이렇게 우주와 가까이 있습니다. 텅 빈 몸속에서 큰 어려움 없이 바깥으로 나오는 파동은 우주에 영향을 끼칩니다. 쉽게 납득하기가 어려울 것입니다. 닫힌 몸속(뇌 속) 원자들이 어떻게 우주에 파동을 일으킬까요? 우리 몸에서 생기는 복사열도 일종의 파동 현상이어서 적외선탐지기로 이를 확인할 수 있습니다. 복사열을 통해 파동과 입자 형태로 우주로 발산됩니다.

뇌 과학자와 양자물리학자들은 생각을 하면 뇌 원자들 파동으로 우주 원자들의 배치와 성격까지 바뀐다고 주장합니다. 따라서 무언가를 강렬하게 원하면 얻을 수 있습니다. 그것은 주술도 아닙니다. 과학적 사실입니다. 누군가를 몹시 생각하면 상대방 "귀가 간질거린다"라는 표현도 이러한 사실을 떠받쳐줍니다.

물리학 법칙은 간절한 기도를 하면 어떤 형태로든 우주

가 응답한다는 것을 넌지시 가르쳐줍니다. 작은 목표들을 단계별로 세우며 희망을 수시로 충전하는 게 좋습니다. 한 번에 큰 목포를 정하면 성취하기도 어렵고, 설령 이룬다고 해도 그다음에는 극도의 허무가 밀려온다고 합니다. 대다수 로또 당첨자들이 사회에 잘 적응하지 못하는 경우가 그런 예입니다. 우리 뇌는 작은 성취를 한 다음, 또 다른 성취를 기다리는 특징이 있습니다. 비상시를 대비해 성취들을 축적하는 것이죠. 하나둘씩 목표를 세운 다음 간절히 원하십시오. 하늘은 스스로 돕는 자를 돕게 돼 있습니다.

우주에서 사랑의 역사는?

함께 있되, 거리를 두라.

그래서 하늘 바람이 너희들 사이에서 움직이게 하라.

서로를 사랑하라. 그런데 구속하지는 말라. 너희 혼과 혼

의 두 언덕 사이에 출렁이는 바다를 놓아두어라.

(…) 참나무와 삼나무는 서로의 그늘 속에서는 자랄 수

없다.

_칼릴 지브란

    우주에서 사랑의 역사는 어느 정도로 길까요? 지구에서
는 약 20억 년 전에 유성생식이 가능한 진핵생물(유전자를 가
진 세포핵)이 탄생함으로써 첫 번째 사랑이 이뤄졌습니다. 유
성생식은 두 세포 간 유전자가 서로 결합(사랑)함으로써 새

로운 세포를 탄생시키는 방식입니다. 그 결과, 많은 생명체는 후손을 남기는 방향으로 진화했습니다. 진핵생물은 사랑의 대가로 죽음의 역사에도 휩쓸립니다. 그들이 사라져야 지상이란 무대에서 후손들이 새로운 로맨스를 시작할 수 있어서죠. 많은 에너지와 시간, 사랑을 들여야 하는 유성생식의 기원은 여전히 미스터리로 남아 있습니다. 그 전의 일부 단세포생물은 자기복제에 의한 영원 아닌 영원을 누렸습니다.

이렇듯 20억 년 전 진핵생물이 성취한 첫사랑은 지구 생명사에서 기적 같은 사건이었습니다. 우주의 나이를 137억 년이라고 치면, 무려 120억 년에 가까운 시간이 흐른 후에야 사랑이 시작됐습니다. 우주가 사랑의 탄생을 위해 엄청난 공을 들였다는 의미입니다. 이를 생각하면, 사랑은 우주의 걸작이며 신비로움 그 자체입니다. 물론 다른 행성의 생명체 사랑은 아직까지 밝혀진 바가 없습니다. 어쩌면 먼지한 톨에 불과한 지구가 사랑이 펼쳐지는 유일한 무대일지도 모릅니다. 조물주는 우주 빅뱅을 시작으로, 사랑의 대서사시를 펼치기 위한 장대한 프로젝트를 이미 입력해 놓은 것 같습니다.

이럴진대, 사랑에 무관심한 것은 우주를 거스르는 행위

가 아닐까요? 사랑은 누구든지 누려야 할 우주적 권리이자 의무이기도 합니다. 사랑과 예술은 우주의 신비한 원리와 실체에 가장 가까이 맞닿아 있습니다. 또 사랑은 덧없는 세상에서 유일한 위안거리며 우주의 순간들을 느낄 수 있는 황홀한 행위입니다. 양성자와 전자가 서로를 끌어당기듯이, 좋은 사람 간에는 끌리게 돼 있습니다. 누군가를 향해 가슴 설레는 것은 우주 법칙에 가장 충실한 현상이기도 합니다. 그럼에도 사랑에는 우주의 시련과 기쁨, 탄성과 기도가 전부 담겨 있어서 때로는 복잡다단한 감정들이 소용돌이칩니다. 사랑이 인간 행위 중에서 가장 본질적이면서도 어려울 수밖에 없는 이유입니다. 더 많이 사랑받기를 원하며, 더 많이 사랑하지 못한 것을 후회하기도 합니다. 때로는 사랑의 화관을 머리에 두르기도 하며, 때로는 사랑의 가시에 찔린 듯 아프기도 합니다.

사랑하는 사람이 곁에 있으면 물리 현상인 '동조화(同調化)' 현상이 벌어져 합일에 가까운 것을 경험한다고 합니다. '동조화' 현상은 가까이 있는 두 물체가 속도와 간격을 비슷하게 유지해 서로의 에너지를 절약하는 것을 말합니다. 즉, 사랑하는 연인들은 지상의 엔트로피(entropy, 시스템의 무질서한 정도)를 그다지 증가시키지 않는 것이지요. 연인들은 '나와 너'의 구별이 없는 상태에 도달합니다. 신뢰를 바탕으로 구성된 합창단 단원들은 심장 박동 수까지 비슷해진다는 연구 결과도 있습니다.

그런데 여기서 한 가지 명심해야 할 것이 있습니다. 우주는 사랑을 하더라도 적당한 거리를 두는 사랑을 원합니다. 서두르지 말고 집착하지 말아야 한다는 게 우주의 뜻입니다. '지금 이 사랑(사람)이 전부가 아니다'란 것을 떠올리며 집착을 멀리하는 게 현명합니다. 무소유의 열린 사랑이야말로 우주가 원래 구상한 작품입니다. 우주 생명 연결고리를 살펴봐도 무언가가 한쪽에 붙들렸다면 생명의 탄생은 어려웠습니다.

원자의 태곳적 고향은 그야말로 자유로운 상태였습니다. 당연히 적당한 거리를 두는 것을 좋아합니다. 원자는 원자핵과 전자로 이루어집니다. 양전하인 원자핵 덩어리를 블루베리 열매 한 알로 치면, 음전하인 전자는 180미터 거리까지 멀리 떨어져 있다고 합니다. 그것도 일정한 궤도에 얽매여 있는 게 아니며 구름같이 퍼져 있습니다. 그렇게 먼 거리인데도 우주를 직조하며 기적 같은 생명을 탄생시켰습니다. 냉정하게 거리를 유지한 덕택입니다. 너무 가까이 붙어 있으면 화학 결합이 잘 발생하지 않습니다. 전자 이동에 방해가 될 뿐이죠. 화학 반응은 '전자 게임'이라고 합니다. 화학 반응에서 양성자가 너무 가까이 붙으면 전자는 이를 끔찍하게 여깁니다. 대표적인 게 7번 질소입니다. 전자 7개를 가진 질소는 3개를 더 붙여서 안정적 상태인 10개의 전자를 채우려는 집착이 너무 강해 거의 화학반응을 일으키지 못합니다. 전자개수가 2개(헬륨), 10개(네온), 18개(아르곤), 36개(크립톤)이면 안정적인 원자입니다.

밤하늘 별들 역시 가까이 붙어 있는 것 같아도 실제로는 상상할 수 없을 정도로 멀리 떨어져 있다고 합니다. 두 별과의 거리는 대략 40조 킬로미터 정도에 이릅니다. 별 하나를 유리구슬 하나로 가정하면, 약 2백 킬로미터 거리에 있는 것이지요. 가까이 붙어 있으면 중력에 의해 덩치가 큰 쪽으로 흡수돼 별은 탄생할 수 없습니다. '텅 비어 있는 가득함'이란 텅 비어 있는 덕분에 가득하게 됐다는 의미이기도 합니다. 이 같이 空(공)에는 엄청난 잠재적 에너지가 숨어 있습니다.

사랑에 집착하는 것은 후손과 관련된 유전자(거짓 자아)의 준동입니다. 거짓 자아는 상대를 빨리 소유한 후 또 다른 짝을 찾게 조종합니다. 충분히 배가 부른데도 탄수화물과 지방을 더 축적하게 함으로써 앞으로의 배고픔에 대비하려는 고대 유전자 작동 원리와 흡사합니다. 결국 비만을 불러일으켜 부작용을 초래합니다.

집착하면 욕망이 생기며, 욕망은 분노를 유발합니다. 분노는 상대에게 돌이킬 수 없는 아픔을 줄 수 있습니다. 귀중한 사람에게 그런 일이 생기면 안 되겠지요. 사랑의 스파크가 일어날 때 어렵더라도 어느 정도 지켜볼 수 있어야 합니다. 우주적 스케일을 우선 떠올리는 게 지혜롭습니다. 우주적 사랑이란 멀리, 넓게 볼 수 있는 혜안을 뜻합니다. 연인 간의 이별에도 너무 오래 슬퍼할 이유가 없습니다. 우주적 사랑은 법칙이 아닌, 상태입니다. 한 상태에 머물러 있는 게 아닌, 끊임없이 재규명과 재생성의 과정이기도 합니다. 기쁨이 다하면 슬픔이 오고, 슬픔이 다하면 기쁨이 옵니다. 생명을 낳기 위한 원자들의 결합 과정도 이별과 만남의 연속이었습니다. 서로가 잘 맞지 않으면 용기 있게 포기하면서 다음 생성 단계로 움직입니다.

처음 2~3년간의 사랑을 애착이라고 일컫습니다. 미국인 이혼율이 높은 것은 낭만적 사랑인 애착에 기대는 현상이 많아서라고 합니다. 이와 대조적으로 다정한 사랑을 하는 집안 자녀들이 정서적 안정감이 높고 학업 성적도 좋다는 통계가 있습니다. 겉모습을 좋아하면 언제든 실망하게 돼 있습니다. 아름다운 속 모습을 사랑하면, 그 관계는 오래 지속됩니다.

자연을 닮은 사랑은 너무 붙어 있지도, 요구하지도, 쾌락적이지도 않습니다. 덤으로 그리움과 추억까지 재활용할 수 있으니 효율적입니다. 작은 여운을 남긴 관계가 오래 지속된 적 있을 겁니다. 누군가가 파티에 끝까지 남아 있지 않고, 살짝 빠져나오면 그 사람을 그리워하는 것과 같은 이치입니다. 잠깐 동안 뜨거운 열정을 일으키는 사랑은 곧 사라져버립니다. 직선이 아닌 곡선, 상상을 통한 우회, 설렘과 그리움, 기다림이 의미 있는 것도 그런 이유 아닐까요?

우주가 어떻게 완성한 사랑인데, 우리가 어떻게 손에 쥔 사랑인데, 일회용품을 대하듯 할 수는 없습니다. 그것은 사랑의 탄생을 위해 무한한 공을 들인 우주의 명예를 실추시키는 일입니다. 우주는 무생물이 사랑할 수 없게 했듯이, 그런 사람에게는 사랑할 자격을 주지 않습니다. 수많은 실험을 거쳐 오랜 시간이 흐른 후에 완성된 사랑은 그 자체가 숭고함을 지향합니다. 숭고함은 자기중심이 아닌, 타인을 향한 사랑을 뜻합니다. 타 생명체들이 도와주지 않았다면, 인간 개개인들의 탄생은 처음부터 불가능했습니다.

그렇다 해서 무작정 냉정한 사랑을 하란 뜻은 아닙니다.

정중동(靜中動) 상태같이 고요하면서도 따뜻한 사랑을 하는 게 인생에 오랫동안 훈훈하게 남습니다. 혹한 속에서 서로의 체온으로 버티며 이끌어주는 사랑입니다. 추위에 얼어붙은 한 사람의 원자들이 'SOS 신호'를 보내면 상대방 쪽 원자들은 구원의 원정을 떠납니다. 원자들은 서로가 온기를 느낍니다. 두 사람 간 복사 에너지가 경계를 이동하는 현상은 실제 영상으로도 촬영할 수가 있습니다. 아무리 강추위가 몰아쳐도 서로가 사랑의 온기를 주고받으면 너끈히 이겨 낼 수 있습니다. 여러분은 더 이상 우주의 외톨이 전자가 아니게 됩니다.

우리에게는 사랑할 기회도, 사랑할 대상도, 사랑할 시간도 많다는 것을 깨닫습니다. 전설의 축구 황제 펠레가 지상을 떠나며 했던 말은 "영원히 사랑하라"입니다. 이 말에 우주적 사랑의 메시지가 담겨 있습니다. 지상을 떠난 후에도 사랑은 영원히 계속됩니다. 고향별로 복귀하는 여정도 지난 사랑의 기억들이 간섭 현상을 일으켜 추진력이 되어 줄 것입니다. 고향별은 영원한 사랑이 속삭이는 곳이란 것을 지금 밤하늘에 반짝거리는 별 요정들은 알려 줍니다.

일상의 경이로움

인생의 습관과 믿음이

때로 나의 눈을 가려

그대가 내 곁에 있다는 것도

깨닫지 못하고 있는 나

고동치는 내 심장을 깨닫지 못하듯

갑자기 그대가 내 눈앞에서 밝게 빛나네

낭떠러지에서 피어난 황야의 장미같이

우아한 아름다움과 광채의 덤불 속에서

어제는 다만 어둠 속에 묻히고

다시 한 번 나는 운이 좋은 남자요

이전에 선택한 그대를 다시 선택했으니…

_시인 웬델 베리

이 시의 '그대'는 일상, 가족, 연인, 친구, 이웃, 일에 이르기까지 다양합니다. 우주의 대서사시에서, 기막힌 우연으로 시공간을 공유하는 우리는 대단한 인연이 아닐 수 없습니다. 영겁의 시간 속에서 '옷깃을 스쳐도 인연'이란 말은 그래서 있는 듯합니다. 특히 가족으로 이뤄진 인연은 어떻게 설명하기도 어렵습니다.

사회생활을 하면서 바깥에는 무한 열정을 쏟으면서도 가까운 일상에는 무관심한 경우가 많습니다. 전혀 얼굴을 모르는 자들과 가상공간에서 소통하면서 정작 가까운 주위 사람에게는 소홀합니다. 바깥 소동에 휩쓸려 넋을 잃고서 집에 돌아오면 공허와 무기력에 지쳐 있습니다. 바깥에서 정치와 경제, 타인들에 관한 이야기를 넋을 잃을 정도로 합니다. 이러한 열정을 스스로를 다스리고 잘 운용하는 데 집중하면 훨씬 더 풍요로워질 텐데 말이죠.

여행의 종착지는 결국 첫 출발지라는 걸 자연은 가르쳐 줍니다. 상상할 수 없을 정도로 아주 작은 한 지점에서 시작한 우주는 중심이 없으며 어떤 곳이든 다 똑같습니다. 우주가 계속 뻗쳐 확장하면 결국 원위치로 돌아오게 돼 있습니다. 일부 물리학자들은 빅뱅도 우주가 확대를 거듭하다가 어느 순간에 급격히 수축돼 응집된 현상으로 설명하기도 합니다. 즉, 여러분이 서 있는 일상이 바로 우주 빅뱅이 시작된 곳이며 그 자취가 아직도 남아 있습니다. 여러분이 서 있는 곳이 빅뱅이 발생한 장소라면, 주위 사람은 또 다른 우주에서 온 바깥 지적 생명체입니다.

저는 개인적으로 한 번 여행했던 장소를 다시 찾는 것을 좋아합니다. 다시 그곳을 여행하면 과거 풍경과 경험이 편안하게 다가와 전혀 새로운 의미로 속삭입니다. 도심에서 같은 곳을 매번 산책해도 매일 다른 풍경을 볼 수 있습니다. 시인 엘리엇이 '탐험의 마지막은 결국 첫 출발지로 돌아오는 것이며, 거기서 전혀 새로운 것을 발견하는 것'이란 말을 남겼듯이 말이죠.

우주 원리를 이해하기 위해서 우주 공간을 휘젓고 다닐 필요가 없습니다. 우리가 광속의 10분의 1로 여행한다 해도, 우주 전체의 4%를 탐험하는 데 1백억 년 넘게 소요된다고 합니다. 그런데 광속의 10분의 1로 달리는 우주선은 영원히 발명되지도 못할 겁니다.

매일 폭풍우가 몰아치는 아슬아슬한 삶의 연속이면 살아남을 사람은 거의 없을 것입니다. 평범함, 사소함, 자잘함의 연속이 오히려 우리를 안전하게 지켜주고 있을지 모릅니다. '일상 탈출'이란 말은 광고회사와 여행회사들이 제작한 신조어에 불과합니다. 하늘 높은 곳에서 엄청난 거리를 이동하는 지중해 알바트로스와 철새들에게 일상이란 어떤 의미일까요? 그들도 일상을 반복합니다. 그런데도 인간들이 도저히 성취할 수 없는 경지에서 자유를 실컷 누립니다. 나무와 식물은 1인치도 움직이지 않는데도, 지구 생명체 질량 가운데 95%를 차지하며 장수합니다. 미국 캘리포니아주 강털 소나무 나이는 무려 4,700살입니다. 그들은 오히려 자유를 구속합니다. "나무는 나무를 욕망한다"라는 말이 틀리지 않습니다. 그런데 이 말은 활동하지 않는 게 가치가 있다는 뜻이 아닙니다. 오히려 여러분들은 젊은 에너지로 더 많이 움직이며 활기차게 활동해야 합니다. 단지 우리 삶의 주요 무대인 일상의 소중함을 깨닫자는 것입니다.

일상 속에서도 충분히 높게 멀리 날 수 있습니다. 전혀 움직이지 않는 고독 속에서도 상상과 사유의 날개를 활짝 펼칠 수 있듯이 말이죠. 현명한 자는 지금 가지고 있는 것을 우선 사랑합니다. 그것은 현실과의 타협이 아닌, 내면의 성장을 뜻합니다. 저는 일상 속에 우주가, 몸속에 우주가 있다는 사실을 깨닫는 데 너무 오랜 시간을 낭비했습니다. 지혜를 얻는다는 의미는 행복이 멀리 있는 게 아니란 것을 깨닫는 것이기도 합니다.

어떻게 하면 일상을 귀하게 여길 수 있을까요? 매일 대하는 일상 풍경을 낯설어하는 것도 좋은 방법입니다. 어린 아이들이 주위 사물에 낯설어하며 호기심을 발동하듯이 말입니다. 사물에 대한 고정화되고 절대화된 관념들을 낯설어함으로써 새로운 의미를 발견하는 방법입니다. 이는 이미 알고 있는 것들에 대해서 '아직도 잘 모른다'는 태도입니다. "이것이 무엇이지?", "이것은 왜 여기 있을까?", "이것과 저것의 차이는 무엇일까?" 같은 방식으로 물음표를 던지는 사고 습관입니다. 일상 속에서 만나는 주위 사람들도 같은 경우입니다. 늘 만나는 사람도 새로운 시선으로 대하고 장점을 발굴하려 노력하면 전혀 새로운 사람이 됩니다.

'가장 싼 값으로 즐거움을 얻는 사람이 가장 부유한 사람'이라고 했습니다. 짜증스러운 일상들도 마음 가지기에 따라서 얼마든지 매력적인 곳으로 바꿀 수 있습니다. 우리가 행복을 즐겨야 할 시공간은 바로 '지금 여기'가 아닐까요? 생태주의자 소로는 일상을 외면하는 것을 두고 "어쩌면 천국은 너무 흔해서 사람이 원하지 않는 장소일지도 모른다"고 했습니다.

일상을 잘 가꾸면, 큰 노력을 들이지 않아도 여러분들을

풍요롭게 해줍니다. 일상은 망원경에 낀 먼지를 닦아주면서
먼 곳을 밝게 비춰주는 소중한 자산이 될 것입니다.

스스로 빛을 내는 청년들

　최근 신세대는 레트로와 뉴트로에서부터 트로트 열풍까지 기성세대가 그냥 흘려버렸던 과거 풍경과 가치들을 마법같이 재생시켜 놓았습니다. 기성세대가 미래를 채근당하며 허덕거리는 사이, 지난 것들의 숨겨진 아름다움을 끄집어낼 줄 압니다. 신세대들은 전진 논리에 밀려 질식당했던 과거 소중한 가치들을 복원하고 있습니다.

　모 방송사 〈불후의 명곡〉은 장수 프로그램으로 인기를 끌고 있습니다. 이 프로그램은 기성세대 가수들의 노래를 신세대 가수들이 편곡해 새롭게 부르는 방식입니다. 신세대 가수들은 어설픈 흉내가 아닌, 지난 노래들을 자기들만의 방식으로 바꾸면서 과거와 현재를 풍성하게 연결하고 있습니다. 이들로부터 순수한 진정성이 느껴집니다. 그들의 재기발랄함과 끼에 놀라지 않을 수 없습니다.

최근 레트로 열풍으로 소풍날 보물찾기를 하듯, 쇠락한 동네 골목 이곳저곳을 돌아다니면서 새로움을 발견하는 신세대들도 많습니다. 숨겨진 보물을 찾은 사람은 다른 사람에게 그 장소를 소개하며 가고 싶은 곳으로 만들었습니다. 한 장소에 담긴 스토리와 생명력을 복원한 신세대들은 뻥 소리치는 '빅 마우스(Big Mouth)'가 아닌, 배려의 '스몰 토크(Small Talk)'로 구세대와 신세대, 구도심과 신도심을 매력적으로 엮어 놓습니다. 폐허와 지난 것들, 하찮은 것까지 품어 오래된 것을 새로운 것들로 다시 생성합니다. 단순히 소개하는 데 그치지 않고, 직접 거주하면서 '오래된 기술'과 '잃어버린 관계'를 복원하는 동네의 작은 장인들입니다. 청년들이 농촌에서 땅을 지키며 땀 흘리는 모습에서는 든든함까지 느낍니다.

과거와 현재에 숨겨져 있는 '값진 내부들'을 발견하는 신세대들의 믿음직한 방식에서 새로운 가능성을 발견합니다. 여러분은 빛이 납니다. 스스로 빛을 내는 발광체입니다. 빛은 파워이자 에너지입니다. 여러분은 정체성과 미래에 대한 고뇌와 불안이 엉켜 있어도 언제든지 한판 축제를 벌임으로써 그것들을 빛으로 화해버립니다. 여러분의 한숨과 고뇌도 그 투명함으로 인해 찬란한 희망의 빛을 내는 별이 될 것입니다.

산업화 이후 날개를 펼치지 못했던 오른쪽 뇌를 신세대들이 차츰 복원시키고 있는 것이지요. 신세대는 타고난 인간 내면의 풍요로움을 발견하고 또한 그것을 즐길 줄 압니다. 반짝거리는 원시세포들의 목소리를 쓰레기통에 던지지 않고 오히려 날개를 달아주는 능력을 가진 듯합니다. 원시세포들의 목소리는 자유와 감성, 직관과 인간성입니다. 이들은 사건 진실과 주파수가 잘 맞아 마음을 움직이게 합니다. 선배세대들이 경쟁 사회에 잘 맞지 않는다며 흐르는 강물에 던져버린 것들입니다.

기존 관습에 얽매이지 않는 자유분방함에 놀라기도 하며 때로는 부럽기도 합니다. 근사한 직장을 돌연 사직하고 택배 일을 하는가 하면, 일과 휴식을 적절히 조절해 삶의 질을 높입니다. 지금 이 순간을 제대로 즐기기도 합니다. 하고 싶지 않은 일에 대해 용기 있게 결단을 내리는 여러분들입니다. 기성세대 일부는 이런 현상에 대해 "아직 고생을 덜했다", "버릇이 없다", "어린애들이 뭘 알아"라는 말을 곧잘 합니다. 그런데 이는 어폐가 있습니다. 앞으로 펼쳐질 미래는 여러분들 것이니까요. 스스로에 대한 확신을 갖고 끊임없이 시도하면 좋은 결과물이 꼭 나옵니다.

여러분들은 태어날 무렵, 부모님으로부터 우주에서 평생 동안 끌어 모은 생기 가득한 원자들을 아낌없이 받았습니다. 부모님은 원자들을 그저 모은 게 아닌, 꿈틀거리는 생명으로 다시 주었습니다. 우리는 값을 매길 수 없을 정도의 귀한 재산을 이미 상속받은 것과 같습니다. 물질적인 재산을 물려받지 못했다고 해서 부모님을 원망할 이유가 전혀 없습니다. 여러분들은 아직까지 우주로부터 받은 재산을 탕진하지도 않았을 뿐더러, 그 속에 담긴 원초적 상상력을 지켜냅니다. 폭풍우가 몰아쳐도 희망 노래를 부르며 아직 젖지 않은 마지막 성냥개비 하나를 간직하고 있습니다.

그동안 왼쪽 뇌가 지배하는 이성과 기술 발달로 직관과 감성은 사라졌습니다. 기성세대들은 편리와 편안함에 도취돼 신세대들에게 정신적으로 풍요로운 미래를 물려주지 못했습니다. 이성의 더께를 쌓고 칸막이를 높여 원시세포들을 미로에서 방황하게 했습니다. 원시세포들은 단지 기쁨과 행복이 넘쳤던 풍요로웠던 고향을 원할 뿐인데 말이죠. 내면에서 윤슬같이 반짝거리는 태곳적 목소리를 습관같이 눌러버리지 않는 여러분들에게서 많은 가능성을 발견합니다.

스페셜리스트가 아닌,
제너럴리스트

한 분야의 전문가가 되란 말을 곧잘 듣습니다. 전문가는 한 분야에 집중합니다. 일반적인 우주의 법칙인 융합과 총체성, 보편성과는 다른 양상입니다. 광활한 우주 역사에서 생명체 탄생은 융합적이며 보편적이지 않았다면 불가능했을 것입니다. 유동적인 보편성을 가짐으로써 다른 원자들, 다른 생명체들, 다른 사물들과의 연결과 결합이 가능했습니다. 보편성은 열려 있어서 다른 것들을 포용하는 특징을 가지고 있습니다.

지나친 전문성은 인간과 자연을 구분 짓는 이원론적 사고에 젖어들 수 있습니다. 서양의 이분법적인 사고는 오랫동안 자연을 대상화시키며 착취하는 논리를 제공하기도 했습니다. 그런데 보편성의 사고는 인간과 자연을 구분 짓지 않는 무분별지[無分別智, 전체적 사고, 직관지(直觀知)] 상태에 이르게 합니다. 인간과 자연을 구분하지 않으니 저절로 친해질 수밖에 없습니다.

우주가 한곳에 머물렀다면 어떠한 만남과 생성도 하지 못했을 것입니다. 음식 재료들이 아무리 좋다고 해도, 재료 하나로는 맛있는 요리를 할 수 없습니다. 맛있는 요리를 하려면 시장 좌판대 위에 놓인 다양한 재료들을 골라서 함께 조리해야 합니다.

우주와 자연, 그리고 인간은 긴밀히 연결됨으로써 또 다른 것을 생성합니다. 존재하는 것들은 연결되지 않았다면 존재할 수가 없습니다. 무에서 유가 아닌, 유에서 유로 결합하는 과정이 생명체 탄생에 더 결정적인 영향력을 끼쳤다는 것을 알 수 있습니다. 기존에 있는 것들을 잘 엮어서 완전히 새롭게 탄생시킨 게 생명입니다.

우주 빅뱅 이후에 일어난 원자들 간의 화학적 결합도 전자들을 활발히 주고받음으로써 이뤄졌습니다. 지구 생명사 첫 단계인 단세포생물 역시 다양한 분자들이 여러 실험을 거친 끝에 우호적인 분자들을 연결시킴으로써 일어난 현상입니다. 그 이후 유전자 대물림이 가능했던 진핵생물의 탄생도 전혀 다른 두 단세포생물이 결합하지 않았다면 불가능했습니다. 곤충과 식물의 결합에 따른 꽃가루받이, 광합

성, 유기적인 지구 생태판의 가장 중요한 작동 원리도 연결
과 결합입니다.

그렇다고 해서 수박 겉핥기식으로 대충하란 뜻은 아닙
니다. 특별한 보편주의자(special generalist)를 지향하면 좋겠
습니다. 아리스토텔레스, 루소, 괴테, 아인슈타인 같은 인물
들은 다방면에 박식했습니다. 셰익스피어는 희극 관련 자료
들을 끌어 모을 수 있는 대로 죄다 끌어 모아 작품에 인용
했다고 합니다. 그의 열정과 인류애가 없었다면, 그는 표절
주의자라는 비판을 들었을 것입니다. 진화생물학의 대가 다
윈도 2천 명에 이르는 지인들과 수만 통이 넘는 편지를 주
고받으면서 진화론을 완성했습니다. 뉴턴은 '커피하우스'에
서 많은 과학자, 철학자들과 교류하면서 큰 업적을 남겼습
니다. 아인슈타인 역시 많은 학회에 참여해 토론을 하고 여
러 학자들과 편지를 주고받으면서 상대성 이론을 완성했습
니다. 그들은 특별한 보편주의자들입니다. 우리는 그들을
천재라고 일컫습니다.

실용 지식 사용연도는 고작 7년 안팎이라고 합니다. 과
학이 발전하고 또 다른 기계들이 발명되면, 임무가 끝난 지
식은 폐기처분됩니다. 방탄소년단(BTS) 〈봄날〉이 발매 6년
이 지난 지금까지 차트인을 유지하고 있는 이유도 그들이

노래와 댄스 전문가여서가 아니라 노랫말에 담긴 인류의 보편적인 가치 덕분이 아닐까요? 축구 선수 손흥민의 인기는 그의 놀라운 축구 재능뿐만 아니라 그의 말에 간간이 묻어 있는 보편적인 인간미 덕에 나날이 높아집니다.

"대학 박사 학위는 혼자서 모르는 줄 알았는데, 타인들까지 모르는 상태가 됐을 때 따는 것"이라는 우스갯소리도 있습니다. 전문가는 전문적으로 그것만을 안다는 것이지요. 전문성은 현실과 거리가 먼, 그들이 필요해서 생성한 허구가 아닐까요? 물론 복잡한 현대사회에서 전문가는 필요합니다. 단지 그것을 추앙하는 사회적 분위기를 경계해야 한다는 뜻입니다. 자연에서도 특수 종은 갑작스러운 상황에 적응을 못해 진화사에서 실패로 끝난 경우가 많습니다.

융합적이고 보편적이기 위해서는 다양한 책들을 꾸준히 읽고 다양한 세상을 경험하는 습관이 필요합니다. 일론 머스크는 어릴 적 하루에 10시간 이상 책을 읽은 독서광이었습니다. 당시에 벌써 화성 이주계획을 세웠다고 하니 그 상상력이 놀랍습니다. 또한 이질적 특징과 이미지를 함께 묶어 전혀 새로운 것을 내놓는 훈련도 좋습니다. 일견 모순된 생각, 이미지, 컨셉을 한가지로 엮는 훈련입니다.

훌륭한 보편주의자는 미처 살피지 못했던 것들, 대수롭

지 않게 여겼던 것들, 일상의 작은 일들 속에서 전혀 새로운 것을 얻습니다. '비빔밥의 민족'인 우리는 이러한 자질이 이미 충분합니다. '비빔밥 기계'인 스마트폰을 내놓은 스티브 잡스가 미국 사람인 게 의아할 뿐입니다. 다가올 미래를 '융합의 시대'라고 합니다. 융합을 구성하는 요소들은 이미 우리 주위 곳곳에 있습니다. 단지 우리가 그것들을 엮어서 기발하게 재생성하지 않았을 뿐입니다. 새로운 생성은 '나와 너'가 결합하는 영역에서 발생합니다. '한 우물을 파라'는 말은 옛말이 되었습니다.

생물과 무생물은 같은 원자들로 구성돼 있는데도 전혀 다른 성질을 지닙니다. 둘 다 이것저것, 여기저기서 끌어모으기는 매한가지입니다. 그런데 생물은 생성적 연결을 하며, 무생물은 자기 영역에 계속 머물러 있다는 차이입니다. 전화, 컴퓨터, 스마트폰, 인공지능 로봇들의 원재료는 거의 같습니다. 관건은 원재료들을 어떻게 잘 연결, 결합하는가에 달려 있습니다. 여러분들은 전문성과 함께 보편성도 두루 생각하며 공부하는 게 현명합니다. 두루 교양을 쌓으며, 두루 생각하며, 두루 살피며, 두루 경험하는 게 핵심입니다. 그러다 보면 어느 순간에 스티브 잡스, 빌 게이츠, 일론 머스크가 되어 있을 것입니다.

어떤 노력도,
고민도 헛되지 않습니다

스스로 하찮게 여기는 생각도 타인에게는 가장 듣고 싶은 이야기가 될 수 있습니다. 손으로 공을 잡으면 좋은 행동인 핸드볼 경기가 있는가 하면, 손으로 공을 잡으면 좋지 않은 축구 경기도 있습니다. 식물 광합성에서 배출되는 산소는 식물에게는 별 필요가 없어도, 인간은 산소가 없으면 살수가 없습니다. 여러분들이 '현실에 맞지 않는다'며 습관같이 내쫓는 생각들도 언젠가는 산소가 되어 타인에게 소중한 자산이 될 수 있습니다. 혁신가들은 평범한 사람이라면 쓰레기통에 집어넣었을 생각들을 잘 간직했던 사람들입니다. 그다음에는 기존의 것들과 결합해 전혀 새로운 것을 만들어내는 능력이 걸출했습니다.

어떤 노력도, 어떤 생각도 헛되지 않습니다. 여러분은 각자 삶의 프로입니다. 어느 누구도 여러분 삶을 대리 운전

해줄 수 없고, 어느 누구도 여러분 이상으로 더 멋진 삶을 살 수가 없습니다. "내 처지에 무슨…" "내가 무슨 능력이 있다고…" "나는 낙오자야…" 하는 것은 패배자들이 하는 생각입니다. "자신감을 잃는 순간, 모든 게 적이 된다"란 말은 여기에 적절합니다.

현재의 채워지지 않은 상태에 실망해 스스로를 비하할 필요가 전혀 없습니다. 우리는 뭔가 부족할 때 계획을 세웁니다. 우동이 몹시 먹고 싶은데, 집에 인스턴트 우동이라도 있으면 계획을 세우지 않습니다. 집에 우동이 없든지, 우동가게가 영업하지 않을 경우에 한해 또 다른 계획을 준비합니다. 거기에다가 우동을 대체할 먹을거리를 찾기 위해 다른 요리도 시도합니다. 어떤 경우에는 그 요리가 대성공을 거둡니다. 이렇듯 모자람은 채움을 위한 전 단계에 불과합니다. 뭔가 부족해야 외부 에너지를 구하려 시도하며 그 결과 성공합니다.

우주 원자들도 제각기 할당된 전자 수에 흡족했다면 화학반응을 하지 않았을 겁니다. 그렇다면 여러분들은 아예 태어나지도 못했을 겁니다. 빅뱅 이후 뭔가 부족했기에 우주는 계획을 세웠으며 여러분을 지상에 내놓았습니다.

여러분들이 아무런 가치가 없다고 일순간 느끼는 것들,

정말 소용없는 것일까요? 아침 일찍 기상해서 학교로, 방과 후에는 독서실로, 취업 준비를 위해 머리를 싸매는 노력들은 다 의미가 있습니다. 저도 아침에 눈을 뜨면 세수하는 것, 이를 닦는 것도 귀찮을 때가 더러 있었습니다. 버스에 실려 학교로 향할 때 '이게 뭐지?', '내가 무엇을 하고 있지?' 하며 의아했던 경우도 많았습니다. 그런데 막상 하루를 열면 그런 생각들은 아무것도 아님을 깨치게 됩니다. 생명체에서 단순 반복은 존재하지 않습니다. 연속적인 사건들의 발생은 차츰 축적돼 소중한 경험으로 남아 생명체 발달을 돕습니다.

한 예를 들겠습니다. '똥을 찾다가 금을 발견했다'에 얽힌 일화입니다. 빅뱅 우주론을 설명하는 우주배경복사의 발견으로 1978년 노벨 물리학상을 받은 아노 펜지어스와 로버트 윌슨의 사례입니다. 젊은 그들은 인공위성을 활용하여 통신기술을 개발하는 회사의 직원들이었습니다. 그들은 전파안테나를 설치하고 관리를 했는데, 계속 알 수 없는 잡음이 들려왔습니다. 원인을 없애기 위해 불량전기선 교체를 하고 새똥까지 치우는 일을 열심히 했습니다. 그런데 어느 날 특정한 방향이 아닌, 하늘의 전 방향에서 들리는 소리를 발견했습니다. 그것이 바로 '태초의 빛'인 우주배경복사였습니다. 그들에게는 노벨 물리학상을 받을 만큼 많은 노력 들이 이미 축적돼 있었던 것입니다. 그 노력에는 새똥을 제 거하는 잡일도 포함돼 있습니다.

사막 회오리 바람먼지는 성가신 존재인 것 같아도 그렇 지 않습니다. 매일 20억 톤가량 몰아치는 사막 바람먼지는 바다 표면을 자극해 바다 속 미생물을 움직이게 합니다. 그 결과 미생물, 크릴새우, 정어리, 고래로 이어지는 해양 먹이 사슬 동력원이 됩니다. 사막이 많은 생명의 젖줄 역할을 하 는 것이죠. 이 같은 자연의 기막힌 연결성을 생각하면 여러 분의 노력과 고민들도 헛되지 않을 것이란 확신을 가져도 좋습니다.

성공은 술 취한 사람 제 집 찾아오듯이 비틀비틀 들어오 지 않습니다. '신은 시간이란 회초리로 인간을 단련시킨다' 란 말이 있습니다. 뚝심을 가지고 좌절하지 않을 때, 성공을 맛볼 수 있습니다. 어린 시절에 빨리 크는 나무는 수명이 짧 은 데 비해, 천천히 성장하는 참나무, 플라타너스, 주목은 6 백 년~1천 년 이상을 삽니다. 땅 위로는 서서히 자라면서 뿌리에 에너지를 집중합니다. 참나무는 아주 작은 도토리에 서 기적같이 웅장한 나무로 성장합니다. 제 자리에 정착할 때까지 태양 빛을 기다리는 인내와 절제력도 대단합니다.

그 속에서 탄생한 참나무는 매우 단단합니다.

'헛된 노력'이라는 말은 성립하지 않습니다. 모든 노력은 촘촘하게 연결된 우주 그물망에 결국 닿아 여러분들에게 성공의 골든 벨 소리를 듣게 해줄 것입니다.

억지로 하지 맙시다

뭔가 막히면 억지로 하지 않는 게 좋습니다. 공부를 하다가, 계획을 세우다가, 말다툼을 하다가 신경이 날카로워지면 그 지점을 묶고 있는 끈을 놓아버리십시오. 생각이 복잡해지면 바로 그 자리를 떠나서 산책하며 운동하는 습관을 기르는 것도 좋습니다.

억지로 꽃봉오리를 열어 꽃을 피울 수 없고, 억지로 풀을 당겨서 풀을 자라게 할 수 없습니다. 자연(自然)은 단어 뜻 그대로 스스로 알아서 합니다. 절대로 억지로 하는 법은 없습니다. '자연의 순리'란 말에는 자연의 지혜가 오롯이 포함돼 있습니다.

저는 살아오면서 어떤 것이든 때가 있다는 것을 깨달았습니다. 간절한 생각의 파장이 뻗치면서 우주 구성 원자가 바뀌는 데에도 시간이 필요합니다. 인위적인 것은 타인을 불편하게 하며, 심지어 다른 생명체에 위협을 가합니다.

사랑도 인위적이면 스토킹과 집착이 발생합니다. 인위적으로 목표를 관철하려고 하면, 결국 타인에게 피해를 줍니다. 또 상대를 제압해 당장은 성공한 듯해도, 결국 부메랑이 되어 돌아옵니다. 훗날에는 실패와 원망이 따릅니다. 비난과 선동으로 선거에서 이긴 일부 정치인의 비참한 결과를 보면 그 이치를 알 수 있습니다.

우주 한 곳에서 질서가 생성되려면 그 대가로 다른 곳에서는 질서가 줄어듭니다. 이 또한 물리학 '열역학 제1법칙'에 해당합니다. 무시무시한 공룡 멸종으로 포유류가 땅속에서 위로 나오면서 인간의 진화가 이루어졌습니다. 그런데 지구는 인간이 출현한 대가를 또다시 치르는 중입니다. 기후위기와 타 생명체 멸종 같은 현상들입니다. 저는 이 법칙이야말로 자연과 삶을 지배하는 제1원칙이라고 봅니다. 억지로 하면 당장은 이득을 볼지 몰라도, 결국에는 손해를 불러옵니다. 우리 인생에서 이득분과 손해분의 총량은 똑같지 않을까요? 저는 지난 시절에 이 법칙을 체득하지 못해 순간에 함몰되는 어리석음을 저지른 경우도 있었습니다.

글도 억지로 쓰면 한 발자국도 움직이지 못하는 것을 경험합니다. 짜증과 당혹스러움이 글에 덕지덕지 붙어 있습니다. 그런데 '이 순간이 전부가 아니다'란 심정으로 산책을 한 후 다시 책상에 앉으면, 신기하게도 물 흐르듯이 다시 써집니다. 어지러웠던 생각들이 말끔히 사라져버립니다. 글도 아무 일 없었던 양, 어느 순간에 방긋 웃고 있습니다.

거짓 자아에 휩쓸리지 않고 또 다른 순간을 기다리면, 평온함이 좋은 생각들을 데리고 오는 경우가 많습니다. 요가와 명상에서는 '그냥 지켜본다'란 표현을 씁니다. 저는 이 상태가 뇌 속 뉴런들이 현실 제약 없이 무의식으로 연결돼 새로운 것을 생성하는 단계라고 봅니다. 이론적으로 과거와 미래의 생각들은 머릿속에 이미 존재하는 것들입니다.

자연 속 두 물체가 합쳐지려는 동조화 현상도 자연스러운 의식의 흐름을 도와줍니다. 이 현상은 가장 작은 아원자 단계에서부터 우주 시공간의 텅 빈 구석에 이르기까지 다양하다고 합니다. 무리 지어 움직이는 새 떼와 물고기 떼, 전자들의 움직임, 심지어 인간에게도 그런 경향을 볼 수 있습니다. 네덜란드 물리학자 크리스티안 호이겐스는 괘종시계 두 개를 가까이 놓았는데, 처음에는 추의 움직임 차이가 약간 났어도 결국 똑같이 움직인다는 사실을 발견했습니다.

우리 인생도 이런 과정을 거치는 것이 아닐까요. 처음 목표를 정하면, 관련된 사물과 생각들이 연결돼 그 결과를 성취합니다. 특정한 자동차를 사려고 하면, 거리에 수많은 자동차가 다니는데도 유독 그 자동차가 눈에 들어오는 경우와 비슷합니다.

현재 무엇을 할지 불확실해도 일단 목표를 정해놓으면, 준비 과정에서 구체적 계획들이 떠오르는 경험을 저는 많이 했습니다. 지금 세밀한 계획을 세워놓지 않았더라도, 처음 목표가 일관성을 유지한다면 언제든지 한 방향으로 정리될 수 있습니다. 너무 완벽한 세부 계획을 세우려면, 곁가지들이 본질이 돼 처음 목표가 방향을 잃어버리기도 합니다.

뭔가 막히고 짜증과 당혹감이 지배하면 그냥 놓아버리십시오. 정리되지 않는 생각들도 비슷합니다. 그렇게 하는 게 당장은 쉽지 않아도, 꾸준히 연습하면 신기하게 습관같이 붙어 다닙니다. 여러분이 지금 곤혹함과 짜증을 받고 있다면, 열역학 제1법칙은 그다음에 평온함과 기쁨을 주려는 좋은 의도를 갖고 있습니다. 그런데 짜증과 조바심에 계속 매달려 있다면, 선한 의도는 비집고 들어올 틈을 찾지 못합니다. 용기 있게 놓아버리면, 그다음에는 또 다른 무언가가 선물로 다가올 것입니다. 억지로 하지 않는 게 자연의 법칙입니다.

글 쓰는 여행을 떠납시다

뭔가 무력해지며 기분이 들뜨는 때가 있으면 글쓰기를 권합니다. 일기든, 편지든, 무엇이든지 다 좋습니다. 여러분을 옭쳐쥐던 거짓 자아들이 해체되는 것을 어느 순간에 느낄 수 있습니다. 거짓 자아들이란 무력함, 불안, 욕망 같은 감정들입니다.

누구든 글을 쓰면서 끙끙 앓아본 경험은 있을 것입니다. 실제로 막상 글을 쓰려 책상에 앉으면, 머릿속이 텅 빈 것 같습니다. 저널리스트로서 글쓰기를 직업으로 삼았던 저 역시 그런 경험을 수없이 했습니다. 특히 시간에 쫓겨야 하는 경우에는 더 그랬습니다. 일부 언론인들이 글쓰기 스트레스로 줄담배와 폭음을 하기도 합니다.

그렇다고 해서 저널 경험이 소용없는 것은 아니었습니다. 저널 글쓰기는 글의 압축과 논리 전개, 쉬운 전달법 같은 글의 기본적 요소와 능력들을 끊임없이 훈련시켰습니다. 은퇴한 지금은 초를 다투며 긴장하는 그런 영역에서 벗어나 기는 했습니다.

저 역시 퇴직자들이 흔히 경험하듯, 심란한 경우가 있었 습니다. 그런데 어느 순간, "평생 해왔던 글쓰기를 다시 시 작해볼까?" 하는 생각이 떠올랐습니다. 지난날 잘했던 것에 다시 몰입할 수 있어 이제는 글 쓰는 자체가 즐거운 일이 되 었습니다.

공허함과 무력감을 달래기 위해 연결하는 SNS와 인터 넷 탐색은 뇌에게 끔찍한 긴장 상태를 줍니다. 한 번 검색하 는데 대략 수백만 개 뉴런들을 가동시킨다고 합니다. 뇌로 서는 참으로 버거운 일이 아닐 수 없습니다. 우리 뇌는 '끊 임없는 명멸과 현현'이라는 사태에 시달리며 엄청난 스트레 스를 받습니다. 스트레스가 누적되면 중요한 사건들까지도 습관과 관성으로 돌려버립니다. 뇌파 패턴이 요동치는데 평 온할 리가 없겠죠. 거기다가 느낌 역시 살가운 감촉이 아닌, 기계 진동음으로 전달됩니다. 과거 성인들은 직관과 깨달 음으로 높은 경지에 올랐습니다. 온라인상의 표피적 지식과 소통에 의존하는 대신 현실 공간에서 몰입하는 시간을 가지 는 건 어떨까요?

가상 영역에 너무 치우치지 않는 게 좋습니다. 가상 영역은 여러분을 위로해주기가 어렵습니다. 오히려 혼란을 줄수 있습니다. 지식을 얻는 것도 인터넷이 아닌, 책에서 얻는게 더 유익합니다. 인터넷 지식이 알약 비타민을 섭취하는것이라면, 책에서 얻는 지식은 맛있는 과일을 먹는 것과도같습니다. 과일을 씹으며 느끼는 달콤한 맛은 지식을 넘어서 지혜로 이끌기도 합니다.

저의 경험상, 뭔가 무력하고 잡다한 생각이 생기면 글쓰기를 권유합니다. 몰입하면 뇌파 패턴이 순수해져 잡다한생각과 에고를 걷어낼 수 있습니다. 뇌 속에선 저절로 원자들끼리 공명을 일으켜 즐거운 기운을 생성합니다. 글쓰기는명상과 요가와 비슷한 효과를 줍니다. 외부에 집착하는 의식을 안으로 끌어들여 놓음으로써 심리적 평온도 얻습니다.내면의 풍향계가 가리키는 방향으로 원초적인 에너지들이모여듭니다.

거짓 생각들과 에고들은 원자 본모습이 아닙니다. 거짓자아들을 걷어내면 원자들은 원래 자연의 평온한 기억을 떠올리며 그 질서에 맞춥니다. 자연에서 마음이 편안한 것도몸속 원자들과 자연의 원자들이 친구로서 반가워서가 아닐까요? 꼭 글쓰기가 아니어도, 음악과 미술 같은 예술 활동들도 비슷한 효과를 냅니다. 참 자아를 찾는 데 훌륭한 도우미들입니다.

일단 책상에 앉아 글을 쓰기 시작하는 겁니다. 대단한 글을 쓰겠다는 욕심은 접어둔 채, 그날 일어났던 사건들을 정리 편집한다는 기분으로 출발하십시오. 어떤 경우에는 사건들이 자율주행 자동차같이 저절로 글을 쓰는 것을 경험할 수 있습니다. 너무 멋지게 표현하려 하기보다는, 사물과 일상에 대한 애정과 감성을 우선 기르는 게 중요합니다. 완벽한 표현은 깜짝 놀랄 정도의 기능을 가진 인공지능이 오히려 더 잘할 수 있지 않을까요? 또 글을 다 완성했으면 주위에 누가 듣고 있는 듯 생각하고 소리 내어 읽는 게 좋습니다. 읽으면서 뭔가 부자연스럽게 끊기는 부분이 있으면 다시 수정하면 됩니다.

표현(express)은 속에 있는 것을 밖으로 끄집어내는 행위입니다. 자아를 적절하게 표현하는 것은 행복한 삶을 위한 전제조건입니다. 글쓰기는 내면을 객관적으로 관찰해 어지러운 사태를 정리해 주기도 합니다. 그렇지 못하면 속의 응어리들이 언제 폭발할지 모를 일입니다. 글쓰기는 큰 비용을 들이지 않고도 누구든지 할 수 있습니다. 용기와 자신감을 가지면 됩니다. 스스로가 판단하기에 그다지 내세울 게 못 된다고 여기는 생각과 한 구절, 한 단어도 타인에게는 큰 의미로 꽂힐 수도 있습니다. 야행성 부엉이가 맞이하는 아침과 저녁에 대한 관점이 다른 동물과 다르듯이 말이죠. 저는 글쓰기를 시간여행이라고 봅니다. 삶의 이곳저곳을 돌아다닌 경험을 적는 것입니다. 다른 여행 도구들에 비해 훨씬 효율적이며 더 멀리, 더 깊게 다닐 수 있습니다.

지난 짧은 시간 동안의 족적을 담은 일기도 좋은 방법입니다. 오늘 일어난 사건 가운데 가장 놀란 일, 가장 감사한 일, 가장 기억할 수 있는 일을 그냥 적으면 됩니다. 중대한 사건이 꼭 좋은 글 소재가 아니며 사소한 일상들을 적는 것도 좋습니다. 여러분 '일상이 콘텐츠며 생각이 메시지'가 되는 것이지요. 음식 이야기, 어린 시절 놀이와 취미에 관한 기억도 괜찮습니다. 일기 여백에 그림 스케치를 한 후, 훗날 이것을 완성하는 것도 권합니다.

일기는 희망을 담는 그릇과도 같습니다. 일기장에 아무리 반성과 자학의 내용이 담겨 있어도, 내일을 희망하지 않는다면 적지도 않을 것입니다. 자기객관화를 거치면서 희망은 결국 목표가 되며, 슬픔과 분노의 감정은 차분히 정리가 됩니다. 일기는 과거를 기억하며 미래를 지향하는 좋은 글쓰기 방법입니다. 다양한 형태로도 적을 수가 있습니다. 다른 사람에게 전하는 편지, 내게 쓰는 편지, 하루 동안에 일어난 감사 일기 같은 것들입니다. 내게 쓰는 편지는 자서전이며, 성장소설은 일기가 모인 것입니다.

여기저기서 치고 들어오는 거짓 자아들의 소동을 감지하면, 펜을 들어보길 권합니다. 몰입은 거짓 자아와의 싸움에서 이길 수 있는 가장 효율적인 전략입니다. 몰입하면 몸속 원자들이 거짓 자아에 휘둘리지 않았던 태곳적 고향을 볼 수 있습니다. 꾸준히 쓰기 시작하면, 이런 신기한 경험을 할 때가 분명히 옵니다.

'좋아요'에 찍힌 쓸쓸함

한 해가 노루 꼬리같이 짧게 여겨지는 끝자락에 왔습니다. 허허로움과 설렘이 교차하는 지점입니다. 시간의 한 페이지를 넘기면서 사랑이란 단어에 관해 생각을 해봅니다. 저는 사랑의 진정한 의미는 다정함이라고 믿습니다. 다정함은 넘치지 않으며 온화합니다. 우주 궤도에 제대로 안착한 인공위성같이 관성의 법칙에 의해 평온하게 움직입니다. 다정함이란 영화 속 한 장면, 소설 줄거리같이 뜨거운 언어가 아닙니다. 뜨겁고 매혹적인 사랑은 중독성이 강합니다. 중독은 내성을 남겨 끊임없이 또 다른 쾌락을 요구합니다.

최근 싱글족의 갖가지 사연들이 TV 방송에서 인기를 끌고 있습니다. 또 어른, 아이 가릴 것 없이 고민을 상담하는 정신 관련 상담 TV 방송도 많습니다. 왜 이렇게 많은 사람이 혼자 살며, 이혼하며, 정신적 어려움을 호소할까요. SNS

같은 가상공간에 의지해 구체적이며 인간적인 사랑을 하지 않는 것도 한 원인이 아닐까요? 파편화된 사회의 단면을 반영하고 있는 듯합니다.

물론 공동체의 살가운 맛을 느끼는 사회를 넘겨주지 못한 기성세대들 책임 또한 큽니다. 개인 지상주의 사회에서 기성세대들이 망가뜨려 놓은 공동체적 유대를 신세대들이 가상공간에서 복원하고 있는지도 모릅니다. 가상공간에서 '인조 원자들' 간 소통은 그것대로 가치가 있습니다. 그런데 세상 이치가 그렇듯이, 너무 지나치면 폐해가 따릅니다.

온라인은 의견이 비슷한 집단과 연결돼 있습니다. 멀리 있어 실체를 잘 모르는 것들에 무한 애정을 날립니다. 여기서는 다정함이란 단어가 끼어들 틈새가 없겠지요. 온라인은 가까이 있는 것들과의 사랑법에는 미숙합니다. 다채로운 방법으로 사랑을 전하는 새와 곤충과 식물들에 비해, 이모티콘을 주고받으며 사랑의 전달 방식도 세트메뉴가 된 인간의 사랑은 빈약합니다.

온라인 소통에서 비롯된 곤혹감을 잘 표현한 글 하나를 예로 들어볼까 합니다. 최근 모 대학교 언론사 시험 준비반 학생들을 대상으로 특강을 한 적이 있습니다. 강의 전 학생들에게 '언론과 소통'이라는 주제로 짧은 양의 원고를 미리 작성해 제출케 했습니다. 글 제목은 '좋아요가 싫어요'입니다. "'좋아요'는 세상에서 가장 간단한 소통 방식이다. 페이스북 이후 '좋아요'는 공감의 상징이 되었다. 셀카를 올렸을 때도 '좋아요', 레스토랑에서 음식 사진을 찍었을 때도 '좋아요', 여자친구와의 100일을 자축하는 글도 '좋아요' 행진이다. 바야흐로 명쾌한 '좋아요' 시대다. 그런데 최근 별생각 없이 '좋아요'를 누르고 후회한 적이 있다. 친구가 아주 소중한 무엇을 잃고 지금까지 지내온 시간에 대해 쓴 담담한 글이었다. 가슴이 먹먹해 어떤 방식으로든 공감을 표시하고 싶었다. 그래서 습관적으로 '좋아요'를 눌렀다. '좋아요' 숫자에 하나를 더한 게 어쩐지 친구의 슬픈 마음도, 나의 공감도 그저 가볍게 느껴져 쓸쓸함이 들었다"라는 내용입니다.

그 학생은 사이버 커뮤니케이션에서 습관처럼 클릭하는 '좋아요'가 친구의 '특수한 슬픔'에 전혀 공감하지 못했다는 사실을 발견했습니다. 친구의 절박한 상황에서 다정한 위로를 건네주지 못한 채 형식적인 소통을 했던 것에 후회했습니다. 그래서 설령 덜커덕거리는 소음이 발생할지라도, 다정한 사랑이 필요한 시대입니다.

다정함이란 타인의 자유를 열어주는 것이란 생각을 해봅니다. 타인이 자유를 누리게 되면 그 혜택은 자기에게 돌아옵니다. 식물과 반려동물을 돌봐주면, 반려인에게 무한 애정으로 혜택이 돌아오는 것과 같은 이치지요. 가정과 이웃도 비슷합니다. 아내의 평온은 남편의 평온으로 이어집니다. 좋은 이웃이 있으면 그 혜택은 자기 집으로 돌아옵니다. 부모가 자식이 밤새워 공부하면 안쓰럽듯이, 진정한 사랑은 현실공간에서 이루어지는 연민과 자비심에 가까운 사랑 아닐까요? 사랑은 받기를 원하며 기다리는 게 아닌, 주면서 불러내는 것이란 사실을 나이가 들면서 깨닫게 됩니다.

오늘 당장 "고맙다. 나를 키운 바람아./ 고맙다. 내 젊은 날들아."란 구절을 떠올리며 그동안 무심했던 가까운 이들에게 다정한 사랑을 건네는 것은 어떨까요.

바람이 전하는 고독과
침묵의 언어

우리는 너무 습관적으로 사람을 만납니다. 내가 소통할 준비가 되어 있을 때, 타인을 편하게 해줄 수 있습니다. "영혼의 떨림이 있을 때 사람과 대화를 하라"는 법정 스님의 가르침을 늘 간직할 필요가 있습니다. 적당한 거리를 유지해야 사람의 참모습을 볼 수 있습니다.

기적 같은 우주 탄생의 비밀은 바로 밀고 당기는 힘에 있습니다. 극히 작은 한 점에서 폭발한 우주는 엄청난 확장력으로 물질을 퍼뜨렸습니다. 그런데 거기에 반하는 힘, 중력이 없었다면 급속한 확장으로 인해 은하와 별 같은 구조는 전혀 생성되지 못했을 것입니다. 당연히 인류도 탄생하지 못했습니다. 중력은 극단의 확장(극단의 활동)과 극단의 수축(극단의 비활동) 간에 적당한 거리를 유지케 해줍니다. 현대 과학은 아직도 중력의 신비한 정체를 밝히지 못하고 있습니다. 저도 기자로서 '불가근불가원(不可近不可遠)'이란 말을 많이 들었습니다. 취재원에 너무 가까이 있어서도, 너무 멀리 있어서도 안 된다는 뜻입니다. 너무 가까이 있으면 객관성을, 너무 멀리 있으면 관계를 유지할 수 없습니다.

흔히 화학결합을 '전자 게임'이라고 일컫습니다. 예를 들면 안정적 상태인 2개(헬륨), 10개(네온), 18개(아르곤), 36개(크립톤)의 전자 개수를 가지면 이기는 게임입니다. 그런데 여기서 6개 전자를 가진 탄소는 2개인 헬륨과 10개인 네온 중간쯤에 있어 어느 곳으로든지 결합 가능해 활발한 화학반응을 일으킵니다. 탄소가 촉발하는 화학 과정은 유기화학이라는 별도 영역으로 분류합니다. 적당한 거리를 유지한 덕분에 놀라운 화학결합이 가능했던 것이죠. 태어날 때 이미 다 가지고 있는 '금수저'였던 헬륨, 네온, 아르곤, 크립톤은 평생 외톨이가 되어 비활성 기체로 지냅니다.

적당히 고독하십시오. 고독은 사람 간에 적당한 틈을 벌려 놓습니다. 그 틈 속으로 자연의 에너지가 비집고 들어옵니다. 때로는 지루한 공백을 메우기 위해서 상상력이 솟구쳐 오릅니다. 혼자 있으면 경쟁심은 사라져 이기심과 욕망도 생기지 않습니다. 시끄러운 사교장에서 깊은 영혼의 울림을 들을 수 있을까요? 철학자 쇼펜하우어는 "사교는 인간

에너지의 4분의 3을 낭비한다"라고 했습니다. 곁에 사람이 없으면, 의식은 현실에 얽매이지 않아 잠재의식은 더 활성화될 수 있습니다. 따라서 외롭고 심심한 상태는 절대 비생산적인 게 아닙니다.

고독은 고립이나 은둔과는 차원이 다릅니다. 인간은 개인으로도, 집단으로도 지닐 수 있는 거의 유일한 집단입니다. 고독은 둘 다 가능한데, 고립과 은둔은 오직 개인의 영역에서 지냅니다. 고립과 은둔은 소통 자체를 멀리하며 빗장을 걸고 자기 영역에 매몰돼 있는 것을 뜻합니다. 어떤 경우, 고립과 은둔은 초능력이 돼 사람을 매몰차게 튕겨내기도 합니다. 거기에 비해 고독은 사람 간의 진정한 의사소통을 위한 전 단계입니다. 고독함으로써 사람을 그리워하며 "다음에는 더 잘 해주어야지" 하는 마음이 생기는 게 아닐까요. 고독은 참된 소통을 위해 꼭 필요한 시간입니다. 여러분이 외롭다고 해서 전혀 낙담할 이유가 없습니다.

비유를 하자면 고독은 캠핑카 주인, 고립과 은둔은 이삿짐 트럭 주인의 상태와 비슷합니다. 일을 열심히 끝낸 후 캠핑카에 올라탄 주인의 유쾌한 기분은 짐작할 수 있습니다. 거기에 반해 이삿짐 트럭 주인에게는 축하해야 할지, 위로해야 할지 곤혹스럽습니다. 이사하는 이유는 물론 이삿짐 내용물도 전혀 알 수 없습니다. 고립과 은둔과는 달리, 고독은 다음의 멋진 순간을 기다리며 캠핑카를 탈 준비가 돼 있는 것과 같습니다.

우리는 언제부터 고독을 '혐오'하게 된 것일까요? 페이스북 '친구' 중에 내 마음을 진심으로 헤아릴 수 있는 자들은 과연 몇 명 있을까요? 인스타그램과 트위터 '팔로잉', '팔로워'에 찍혀 있는 아라비아 숫자는 무엇을 뜻하는 것일까요? "나는 노출됐다. 따라서 나는 존재한다"라고 해야 할 듯합니다. 사람 간 친밀도가 사생활 노출 정도에 의해 정해지는 것은 뭔가 잘못된 듯합니다. 또 카카오톡, 트위터에 고개 숙인 채, 허공을 멍하니 볼 수 있는 낭만을 잃어버렸습니다. 실시간(實時間)은 실시간(失時間)으로 돼버렸습니다. 온라인상에서 우리가 누려야 할 진정한 시간을 찾을 수 없습니다.

'연결 중독' 현상은 아무리 애를 써도 네 모서리가 반듯하게 펴지지 않는 침대 시트와도 같습니다. 한쪽을 펴면 반대쪽이 또 흐트러집니다. 따라서 사이버상에서 완벽한 연결을 추구하면, 완벽한 허기와 공허가 찾아옵니다. 스마트폰이라는 사이버 마약의 지나친 중독에서 벗어날 필요가 있습니다. 심심함과 외로움을 받아들이고 자기 내면의 체력을 기르는 것, 그리고 채워지지 않는 것에 대한 허기를 참는 훈련을 한번 해봅시다. 단 하루라도 스마트폰에서 멀어지는 것은 어떨까요?

개구리 눈은 오직 움직이는 대상만 본다고 합니다. 흔들리는 나뭇잎은 볼 수 있어도, 나무는 볼 수가 없는 것이지요. 개구리 눈같이 살랑살랑 움직이는 것에 대한 표피적인 관심과 욕망을 쫓는다면 내면의 깊이를 쌓기가 어렵습니다.

오롯이 혼자의 시간을 가지며 자연과 대화하면 전혀 심심하지 않습니다. 서로가 주고받는 대화는 우주 특허청에 차곡차곡 쌓여 언젠가는 꽃을 피웁니다. 거짓 자아도 출몰하지 않으며 현실적인 제약도 받지 않아 상상력이 샘솟습니다. "권태는 모든 것을 시간 낭비로 여기며, 평온은 그 어떤 것도 시간 낭비가 아닌 것으로 생각하는 상태"란 말이 있습니다. 스스로와 유쾌한 친구가 되는 것은 아무런 비용과 에너지도 들지 않습니다. 혼자 있으면 다른 사람 눈에 더 잘 들어오는데, 왜 굳이 몰려 있을까요?

침묵에 대해서도 이야기할까 합니다. 저는 이 책에서 때때로 영성에 대해 이야기합니다. 그런데 기도하며 추억을 불러내며 대화를 시도해도, 아무런 반응이 오지 않으면 허무하기도 합니다. 그럴 경우, 깊고 그윽한 침묵의 나무를 떠올려 봅니다. 그들은 짖어대지도, 기뻐하지도, 비명과 함성을 지르지도 않습니다. 심지어 자기를 베려고 도끼를 든 자에게도 그늘을 내어줍니다. 나무는 인간의 기본 감각 외에도 중력, 전기장, 자기장 같은 것을 알 수 있는 12가지 감각이 더 있다고 합니다. 그런데도 아무런 말을 하지 않습니다. 오직 바람에 나뭇잎이 살랑거릴 때 생명의 유일한 징후를 알 수 있습니다. 이렇듯 진정한 대화는 깊은 침묵 속에서 이심전심으로 흐르는 것 아닐까요? 고요한 정적 속에서 나뭇잎 사이로 흐르는 한 줄기 바람이 뺨을 스칠 때 우리는 그것을 느낄 수 있습니다.

침묵은 '정신의 근육'을 살찌우는, 삶이 빚어내는 아름다운 선물입니다. 침묵하는 것이야말로 자아실현의 삶을 살고 있다는 반증입니다. 침묵은 자기 힘에 대한 신뢰의 표현이자 내면을 듣는 소리입니다. 침묵은 다른 관계에 의지하지 않은 채, 자가발전을 함으로써 '생각을 집중하게' 합니다. 단단한 내면의 힘으로 거짓 자아의 준동을 막아 뭔가 의미 있는 것을 생성합니다. 우리가 '바다멍'과 '불멍' 같은 멍때리기를 즐기는 것도 그런 이치가 아닐까요? 배가 고파 봐야 배부른 것을 알 수 있듯이, 침묵을 거친 말에는 진정성이 담겨 있습니다.

저 거리에 줄지어 서 있는 은행나무들은 "심장에서 울려 퍼지는 고유한 장단에 맞춰 침묵의 자전거 페달을 밟아라"
고 이야기합니다. 군락을 이루지 않는 은행나무는 외로운
표범 같습니다. 암나무는 근처에 숫나무가 없으면 몇백 년,
몇천 년을 수정 한 번 하지 않습니다. 고독하지만 자유로운
표범같이, 혼자의 삶을 적절히 배치하고 침묵을 즐기십시
오. 침묵의 내공을 거친 말은 남다른 무게감을 가지고 있다
는 것을 느낄 수 있습니다.

　물결처럼 무리지어 피어 있는 진달래들도 아름답습니
다. 그런데 저기 홀로 떨어져 서 있는 진달래에 시선이 더 오
래 끌리는 이유는 무엇일까요. '침묵의 진달래'는 외롭게 느
껴지는 외양 안에서 충실하고 활발한 활동을 하고 있을 겁
니다. 먼 우주를 탐사하기 전, 마음의 우주를 먼저 탐구하는
게 '참다운 나'를 발견하는 방법입니다. 고독과 침묵이란 단
련을 거치면 타인들과 진실하게 소통하는 법을 배울 수가
있습니다. 타인들은 그런 사람을 신뢰합니다.

인간 진화의 끝은 정신?

영화 〈맨 인 블랙〉에는 고양이 방울 이야기가 있습니다. 초월적 설계자가 늘 갖고 놀던 우주가 바로 고양이 목에 달린 방울이었습니다. 초월적 설계자가 가지고 노는 장난감이 우주라니…. 그는 아기 우주를 더 솜씨 좋게 다듬을 수도, 성에 차지 않으면 컴퓨터 스위치를 내려 우주를 사라지게도 할 수 있습니다.

우주가 끝이 없다는 '다중우주론' 관점에서는 이러한 이야기들이 얼마든지 논리적으로 가능합니다. 인간은 초월적 존재가 가동하는 거대한 컴퓨터 시뮬레이션의 조연 배우일지도 모른다고 합니다. 무한 반복되는 우주에서는 동전을 천 번 던지면 계속 앞면이 나오는 우주도 있습니다. 또 나와 똑같은 인간들, 심지어 경험까지 같은 인간들이 우주에 흔하게 존재할 수 있다고 주장합니다. 일어날 수 있는 사건들은 전부 일어났으며, 단지 우리가 그것을 느끼지 못할 뿐이라는 것입니다.

어떤 초월자가 지상을 살펴보듯이, 개미들을 관찰하면 '다중우주론'에 어느 정도는 공감할 수가 있습니다. 개미들은 중력을 전혀 느끼지 못합니다. 작은 생명체들이 떼를 지어 무엇을 하느라 저렇게 바쁘게 움직이는지 신기합니다. 우리가 초월적인 곳을 알 수 없듯이, 개미들 역시 인간 세상을 이해할 수 있을까요? 인간은 우주의 95%를 차지하는 암흑에너지(70%)와 암흑물질(25%)을 전혀 볼 수도, 느낄 수도 없습니다. 양자물리학에서는 12차원까지 이야기합니다. 양자 파동은 물리적 파동과는 달리, 눈으로 볼 수도 관찰할 수도 없습니다. 수학적 영역에 속하는 가상의 확률 파동인데도 지상에 물리적으로 실제 작용합니다. 영적인 시공간을 상상하기 어려운 것은 어쩌면 당연할지도 모릅니다. 따라서 볼 수 없다고 해서 존재를 부정하는 것은 한심한 일입니다.

차원이 다르면, 다른 형태의 생명체가 존재할 가능성도 많이 있습니다. 지구상에 존재하는 3차원 생명체는 거의가 대롱 형태입니다. 진화적으로 대롱 형태는 최초 생물이 물과 양분을 빨아들여 다시 내뱉는 과정을 쉽게 하기 위한 것입니다. 우리 인간도 기다란 대롱 모양에 심장 같은 많은 기관들이 붙어 있습니다. 이와 다르게 일부 과학자들은 기체 같은 생명체가 우주에 존재할 수 있다고 주장합니다. 가까운 곳으로 토성과 목성 윗부분 아니면, 토성 위성인 타이탄 상층부를 주목합니다. 거기에서 생명 필수 요건인 물, 수증기 같은 형태의 기체 생명체가 자기장을 피해 오르락내리락 할 것이라 추측합니다.

기체 생명체 이후의 진화를 상상하면 정신과 영혼이 우선 떠오릅니다. 일부 과학자들은 인류는 계속 진화 중이며 고도로 진화한 인류는 육체의 껍데기를 벗어던진 정신일 것이라고도 주장합니다. 이 주장에 따르면, 물질과 육체는 구시대 유물이 되는 시대가 먼 훗날에 다가올 수도 있습니다. 우리 육체는 많은 에너지를 쓰면서 우주 엔트로피를 증가시키는 거추장스러운 형태란 것이지요. 또 육체를 구성하는 원자들은 137억 년 전에 생성돼 계속 재활용된 것들이어서 너무 지쳐 있습니다. 조물주가 있다면, 그가 구상하는 인류 진화의 궁극적 목표는 정신이 아닐까요?

외계 생명체를 상상하면서 인간과 비슷한 모습을 떠올리는 것은 잘못된 선입견일 수 있습니다. 엄청난 거리를 이동하면서 강력한 우주방사선과 파편들을 피해 지구 근처까지 올 수 있는 생명체는 인간 형상으로는 불가능합니다. 설령 인간 모습과 비슷해도, 뇌 전기화학적 특성을 복제한 가스기체 혹은 먼지 형태를 지구에 먼저 보낼 수도 있습니다. 과학이 아주 발달한 곳에서 온 외계 생명체가 먼지 같은 입자 형태로 인류를 지금 매일 관찰할지도 모릅니다. 아니면 먼지 자체가 생명체일 수도 있습니다. 단지 우리가 볼 수 없을 뿐이죠.

우리 정신은 인류 최후 가능성으로 남아 있습니다. 그 정신이 빚어내는 엄청난 힘을 우리는 신뢰해야 합니다. 인간 육체는 과거와 미래를 경계 짓는 현재에 있을 수밖에 없습니다. 그런데 정신은 시공간 경계가 없이 자유롭습니다. 인류가 물질에만 계속 방향을 맞춘다면 앞으로 비전이 없습니다. 형이상학적 정신을 풍요롭게 하는 데 인류 미래가 달려 있지 않을까요?

과학은 우주 지평선에서 결국 멈춥니다. 과학자들은 과학이 아무리 발달해도, 그 너머까지는 알 수 없다는 것을 솔직히 인정합니다. 그런데 상상력이란 우주선을 타면 그 너머, 또 너머에도 도착할 수 있습니다. 정신이 풍요로운 사람은 완벽한 미래 인간입니다. 중력 법칙은 정신에는 영향을 끼치지 못합니다. 현재가 아무리 곤궁해도 정신의 풍성함이란 날개를 달면 언젠가는 멀리 날아오를 것입니다.

불안과 우울,
강박에 대한 작은 의견

인생의 가장 큰 목적은 아타락시아(ataraxia), 즉 평정을 얻는 것이다.

_그리스 철학자 에피쿠로스

"지상에 대한 극도의 초조와/ 아무런 유익함 없는 불안이/ 내 심장의 고동 위에 시계추같이 매달려 있을 적에…" 란 시구절이 있습니다. 인간의 연약한 정신을 표현한 시 구절입니다. 청년기와 청소년기에는 이유 모를 불안과 근심에 젖어 있을 때가 많습니다. 저 역시 그랬습니다. 뭔가 집중이 안 돼 귀중한 시간들을 헛되이 날려 버린 적도 많았습니다. "이게 아닌데…"란 것을 뻔히 알면서도 거기서 헤어나지 못하며 제자리에서 어지럽게 맴을 돌았습니다.

불안과 우울, 강박, 근심은 진화 시간표에 비해 급하게 달려온 근대사회와의 부조화 현상이기도 합니다. 유전자가 조종하는 몸속 원자들은 원래의 무생물 상태로 돌아서지 않기 위해 늘 경계하며 긴장합니다. 그 과정에서 불안과 강박, 근심이 발생하는 것이죠.

유전자는 생명과 후손 번식이란 일사불란한 대열을 유지하기 위해 거짓 자아를 대리인으로 내세웁니다. 거짓 자아는 목적을 성취하기 위해 욕심, 긴장, 우울, 강박, 불안 같은 감정들을 남깁니다. 따라서 그런 감정들은 거짓 자아들이 생성하는 거짓 현상에 불과합니다. 거짓말에 속을 필요가 없습니다. 거짓 자아에 휘둘릴 전조가 있을 경우, 거기서 재빨리 벗어나는 게 좋습니다. 심리학자들은 3~4초 이내에 그 감정에서 벗어나기를 권합니다. 그것은 연습에 의해 가능합니다. 생각을 바꾸는 것은 쉽지 않아도 행동은 바꿀 수 있습니다. 의도적으로 충격을 가해 다른 행동을 하면, 뇌는 그 행동에 어떤 이유가 있을 것으로 여겨 긍정적 요소들을 모으기 시작하는 것이죠. 그다음에는 아무런 일도 없었다는 듯, 거짓 자아는 어느새 사라져버립니다.

뇌는 부정적 감정을 오래 기억하며 간직하려는 경향이 있습니다. 볼일 본 후 쾌감이 아닌, 볼일 보기 전 힘들었던 기억을 더 오래 가집니다. 그렇게 함으로써 돌발 상황이 생기면, 과거 위험 사례를 참고삼아 대처하기 위해서입니다.

거짓 자아는 생각의 소란이자 허상입니다. 실제 적이 없는데도 있는 것같이 꾸밉니다. 거짓 자아는 오직 자기를 사랑하라고 옆구리를 찔러댑니다. 편안함과 행복은 소극적인 데 반해, 괴로움은 적극적입니다. 그래서 인생의 많은 시련들과 아픔이 한꺼번에 밀려오는 느낌을 주기도 합니다. 그것은 생명체가 위험과 불안에 몸 전체가 대응하는 구조를 가지고 있어서입니다. 원시시대 야생의 잠재적인 위험에 즉각적으로 대처하기 위해 스트레스 호르몬 폭격을 받아서 이죠.

근심과 불안이 지나치면 겨울비에 나무가 큰 시련을 겪는 것과도 같습니다. 나무 수관이 겨울비에 얼어붙으면 심장 근처에 칼 얼음을 들이대는 형국입니다. 오래된 나무들은 수관을 단단하게 하는 목질화 작업을 이미 거쳐 이를 잘 견뎌냅니다. 그런데 어린나무들은 속수무책입니다. 청년기와 청소년기에 과도한 불안이 엄습하지 않게 마음을 잘 지키는 방법을 연습할 필요가 있습니다.

또 불안과 우울의 준동 세력들은 걷잡을 수 없이 규모가 커질 수도 있습니다. '내 안의 독재자'는 주위 사람에게

민폐를 끼치기도 합니다. 거짓 자아의 강력한 무기는 지금 감정이 지배적이란 것을 느끼게 하는 것입니다. 따라서 대세가 기울기 전 재빨리 기동타격대를 파견해 제압하는 게 효과적입니다. 즐거운 이미지와 순간들, 낙관적 언어들을 떠올리면, 어느샌가 그 감정들은 사라집니다. 친한 친구에게 전화로 수다 떠는 것도 한 방법입니다. 특히 너무 오래 실내에 있으면 정체 모를 근심이 지배할 수 있습니다. 과거에는 덤불 속 알 수 없는 소리에도 제때 반응할 수 있었습니다. 그런데 실내 생활을 하는 현대인들은 위험 상황을 파악하기 어려워 늘 불안해합니다. 가끔 잠자리에서 지독하게 일어나기 싫은 이유도 바깥의 근심거리(업무, 과제, 미팅)를 미리 알 수 없어서 아닐까요? 캠핑장에서 아침에 일어나기 싫었던 경험은 별로 없을 것입니다.

움직이지 않아서 할 일 없는 뇌는 손쉽게 걱정으로 기울 수 있습니다. 그럴 경우, 밖에서 산책과 운동을 하는 게 상책입니다. 좋지 않은 감정들이 가장 두려워하는 적은 활동입니다. 그들에게 시간과 먹이를 줄 필요가 없습니다. 혹시 잠깐 실수로 그들을 불러들였다면, 그들에게 어떤 기대도 주지 말아야 합니다.

바깥에서는 갑작스런 위험을 감지할 수 있고 원자들은

자연의 친구들과 기쁘게 만납니다. 우리 발은 움직이는 철학자란 말이 있습니다. 자유로운 상태에서 생각지도 않은 멋진 발상들이 떠오르는 것을 경험할 수 있습니다. 산책과 운동을 하면 자연의 친구들이 우호적으로 손을 건넵니다. 운동은 항우울제 성분인 프로작과 비슷한 효과를 주는 자연의 프로작입니다. 우울할 때 근력을 키우는 것도 걱정과 불안에 휘둘리지 않겠다는 의지의 표현이자 희망의 미래를 저축하는 것 아닐까요? 우주에서 움직이지 않는 것은 아무것도 없습니다. 테이블 접시까지도 원자 진동, 지구 자전과 공전, 은하 이동으로 인해 움직입니다. 산책하며 운동하는 것은 그 원리에 몸을 맡기는 것입니다.

우울, 불안, 수치심, 두려움은 거짓 자아가 매우 좋아하는 음식들입니다. 거짓 자아는 그것들을 게걸스럽게 먹어치우며 소화하는 과정에서 심한 아픔과 불쾌감을 줍니다. 뇌가 사회적 고립을 막기 위한 폭탄 장치를 마음속에 심어놓아서입니다. 실제로 뇌 촬영 결과, 이별의 아픔은 몸이 아픈 것과 같은 뇌 부위에서 발생한다고 합니다. 이별의 아픔을 노래한 유행가 가사 중에 '총 맞은 것처럼 가슴이 아프다'는 비유가 아닌 실제 감각입니다. 그럴 경우 타이레놀 같은 진정제를 먹으면 효과가 있다는 실험 결과도 밝혀졌습니다. 미국과 유럽에서는 '이별 약'을 판매하는 곳도 있습니다.

우리는 마음의 평온을 얻기 위해 명상하며 수련을 합니다. 명상은 소란의 뇌 스위치를 잠정적으로 꺼 파산 상태에 잠깐 이르게 합니다. 명상수련까지는 아니라도, 불안과 걱정을 재빨리 돌리는 훈련은 할 수 있습니다. 우리를 기분 좋게 하는 방법은 의외로 쉽다는 것을 알게 됩니다.

자연은 미래를 과도하게 걱정하지 않는 게 좋다는 것을 알려줍니다. 우리 내면에는 이미 우주에서 일어날 가능성들을 전부 가지고 있습니다. 단지 우리가 그것을 끄집어내 활용하지 못할 뿐이죠. 자기계발이란 강박은 스스로가 노동 감독관이 됨으로써 과민과 불안의 상태에 데려다 놓습니다. 이는 분명 '새로운 것의 모순'입니다. 과거에 잘했던 것들과 미완으로 남겨둔 것들을 서랍에서 다시 꺼내 실행하는 것은 어떨까요. 저 역시도 과거에 잘했던 것을 다시 끄집어내 지금 이 순간, 글을 쓰고 있습니다.

프랑스 철학자 들뢰즈는 '반복이 차이를 생산한다'는 유명한 명제를 던졌습니다. 한 연주자가 같은 곡을 반복 연주함으로써 매번 다른 경지에 이른다는 것입니다. 음식도 다시 먹으면 미묘한 식감 차이를 느끼곤 합니다. 반복은 새로운 것입니다. 오히려 더 깊은 곳에 이를 수 있습니다. 한 번 경험했던 것이어서 불안하지 않으며 상상력은 더 유연하게 펼쳐집니다.

새로운 계획도 바람직합니다. 그와 동시에 지난날 잘했던 것들의 리스트도 뽑아 실천하는 것도 좋은 습관입니다. 그 가운데 일부는 지금 전혀 새로운 것으로 느껴지는 것들도 많습니다. '지금 여기'에서 잘할 수 있는 것들을 우선 차근차근 실천하면 평온해집니다.

호흡으로 화 다스리기

"우리의 마음 밭에는 아픔, 행복, 기쁨과 슬픔, 두려움, 희
망 같은 많은 종류의 씨앗이 뿌려질 수 있다. (…) 평화로
우며 아름다운 것들을 느끼는 순간에는 마음속 평화와 아
름다움의 씨앗에 물을 주는 것이다. 그동안 공포, 아픔, 두
려움 같은 씨앗에는 물이 뿌려지지 않는다."

_틱낫한 스님

짜증과 화가 날 때, 심호흡하는 것 자체로도 마음을 진
정시킬 수 있는 효과가 있습니다. 상대의 말과 행동에 화가
차오르면 2~3분 정도 깊은 호흡을 한 후 대꾸하지 않는 것
도 좋은 방법입니다. 상대가 직장 동료든, 상사든, 친구든
상관없습니다.

그래도 진정이 잘 안 되면 그 자리를 잠깐 피하는 것도 슬기롭습니다. 인간들은 대개 불과 몇 초 전에 폭발했던 화에 걸맞은 행동(?)을 계속하려는 습성을 지닌 것 같습니다. 속으로 미안한 마음을 가지고 있으면서도, 체면을 차린답시고 화난 상태를 유지하려는 것은 어리석은 짓입니다. 잘못했으면 "잘못했다. 미안하다"란 말을 재빨리 하는 게 효과적입니다. 그렇게 하는 사람은 다른 사람의 잘못도 쉽게 용서할 줄 압니다.

최근 뇌 과학자들은 명상수련법의 놀라운 효과를 과학적으로 입증하고 있습니다. 명상이 뇌의 물리적 구조를 바꾼다는 사실을 과학적 근거로 밝혀낸 것입니다. 그들은 분노, 화, 기쁨 같은 사람 감정과 성격까지 명상을 통해 얼마든지 조절하며 바꿀 수 있다고 주장합니다. 대표적인 예로 명상에 정진하는 티베트 수도승의 뇌 구조가 확연히 다른 것을 듭니다. 명상은 분노, 욕망, 시기심 같은 거짓 자아들이 활동하지 않는 상태입니다.

우리 뇌는 심심한 상태를 잘 못 참습니다. 짜증과 화 같은 부정적인 자극이 일단 주어지면 곧바로 그 자극을 향해 돌진하는 경향이 있습니다. 따라서 부정적 감정을 잘 다스리면 잠시 후 "왜 그런 감정이 들었을까?" 할 정도입니다.

자동차 사고가 났을 때 '욱' 하고 폭발하면, 뇌의 각인된 프로그래밍으로 인해 걷잡을 수 없는 지경으로 이르는 경우가 많습니다. 부부 싸움에서도 물컵을 집어 던진다든지, 거친 말을 하면 그다음이 더 험악한 지경에 이르는 경우가 허다합니다. "원인이 아닌, 원인에 대한 분노의 결과로 우리는 더 많은 비참함을 겪는다"라고 한 마르쿠스 아우렐리우스의 말을 떠올립시다. 우리의 귀중한 시간을 타인에 대한 분노와 짜증으로 허비할 수 없습니다.

심호흡과 명상은 잠시 숨을 쉬지 않는다는 뜻입니다. 인간과 포유동물은 일생 동안 약 20억 번 숨을 쉰다고 합니다. 빨리 쉬고 내뱉으면 수명이 짧아지며, 숨 참는 연습을 하면 수명이 길어진다는 이야기입니다. 주위에서 거칠게 숨을 할딱거리는 개는 많이 살아봤자 10~15년이 최대 수명입니다. 나무가 오래 사는 이유가 무엇일까요. 약 2억 5천만 년 전 육지 동물과 거의 비슷한 시기에 바다에서 육지로 올라온 나무는 움직이지 않는 전략을 택했습니다. 겨울에는 침묵합니다. 한 해에 너무 많은 열매를 맺으면 해거리 전략으로 그다음 해에는 열매를 거의 맺지 않습니다. 그 덕택에 오랫동안 잘 삽니다. 인간으로 치면 고단수 명상가입니다.

우리는 깊은 명상법을 터득하지 못할지라도, 숨을 잠시

참을 수는 있습니다. 육체적인 느낌을 빨리 알아채며 참고 조절하는 사람은 현명합니다. 이런 사람은 타인을 행복하게 해줍니다. 우리가 인류에게 베풀 수 있는 최대의 서비스는 스스로가 행복한 것일지도 모릅니다. 한 단계 더 격을 높여 명상을 통해 고요함을 즐기는 것은 돈 한 푼 들이지 않는 즐거움입니다.

법률가의 사회, 시인의 사회

봄날, 겨우내 조용하던 생명체들이 막 기지개를 펴면서 갖가지 색깔들을 대지에 흩뿌립니다. 새로운 에너지를 충전한 들풀과 나무들은 한 해 동안 치러질 달리기 경주에 분주합니다. 그렇다고 해서 옆에 서 있는 선수들을 힐끗힐끗 흘기면서 다리 근육을 비교하지 않습니다. 인간 세상에서도 젊은 청춘들의 활기찬 생명력이 곳곳에서 넘실거립니다.

선거철을 맞아 청년들에 대한 화두로 선거판이 요동칩니다. 자연의 들풀과 나무들과는 다르게 정치인들은 서로를 공격하면서 표를 더 얻으려고 안달입니다. 유목성이 강한 청년층 표심을 얻기 위해 온갖 방법을 동원하는 것을 볼 수 있습니다. 그런데 청년들과의 소통에서 주파수를 제대로 맞추지 못한 채 삐걱거리는 잡음이 들려옵니다. 흡사 속을 전혀 모르는 블랙박스 두 개가 마주하며 서 있는 듯합니다.

작가 데이비드 포스터 월리스가 비유한 새끼 물고기와 노인 물고기 이야기가 떠오릅니다. 노인 물고기가 새끼 물고기들에게 "안녕, 얘들아. 오늘은 물이 어떠니?" 하자 새끼들은 그 자리를 떠나 잠깐 헤엄치다가 "그런데 물이 뭐야?" 하며 난감해하는 것과 같습니다. 이런 현상은 청년을 그대로 받아들이지 않은 채 대상화하는 데 따른 부작용입니다.

상당수 판사, 검사, 변호사들이 정치판에 진출했습니다. 그들 중 일부는 국가 운영에 중요한 위치를 맡은 지가 오래되었습니다. 심지어 텔레비전 시사 프로그램 패널까지도 법률인들이 차지했습니다. 물론 그들 영역에서 없어서는 안될 중요한 존재입니다. 그런데 조화로운 유기적 공동체를 구성하는 데 있어 그들 영역은 다소 협소하다는 것을 느낍니다. 법률적 언어는 재판에서 이기는 것을 전제로 하는 전투적 언어입니다. 선과 악으로 구분 짓는 이분법적 언어에 익숙하며 쾌감을 느낍니다. 단정적, 위계적, 구별과 관습의 언어이지요. 가슴이 아닌, 논리적으로 찌르는 언어를 구사해 소통하는 데 적지 않은 곤혹을 치릅니다.

정치인들은 청년들을 외계인 취급하며 "그들을 잘 알아야 한다"는 이야기를 합니다. 여기서 청년을 대하는 정치인들의 당혹감을 느낄 수 있습니다. 감성적이며 상상력이 풍부한 청년과의 소통은 실패로 끝나기 일쑤입니다. 표를 묶음다발식으로 계산하며, 성별을 구분하고, 젊음을 구색용으로 취급하니 청년으로서는 진정성을 느끼기가 어렵습니다. '거기 있었네' 화법이 아닌, '나 왔어!'식 화법에 청년들은 거부감을 가집니다. 청년들은 감성과 상상력의 영역인 오른쪽 뇌 스위치를 켜고 있는 데 반해, 정치인들은 이성과 분석의 영역인 왼쪽 뇌를 켠 채 대화를 시도합니다.

여기서 우려스러운 것은 여러분들이 정치인들의 언어에 무의식적으로 순치되지 않을까 하는 것입니다. 따라서 정치적 언어들을 걸러서 듣는 게 좋습니다. 한쪽 귀로 듣고 한쪽 귀로 흘리란 말이 그래서 있는가 봅니다. 사회적 동물인 인간은 언어에 의해 지배당합니다. 언어의 폭발력은 대단합니다. 우리 가슴에 폭탄을 던져서 상대방을 질식시키는 언어가 있는가 하면, 씨앗과 비료와 물을 함께 담아서 황량한 공터에 던지는 '씨앗폭탄'같이 땅을 윤택하게 하는 언어들도 있습니다. 예술, 인문학, 철학, 종교, 자연과학 분야 언어들이 그렇습니다. 여러분은 공허한 정치 언어에 휘둘려 원래 가진 감성과 상상력이 흔들리지 않을 거라고 믿습니다.

머뭇거림과 양자물리학

　현대인들은 "바쁘시죠"가 인사말이 되었듯이, 심심한 상태를 참지 못합니다. 바로 응답하지 않고 침묵하면 답답해합니다. 그런데 머뭇거리는 자세야말로 사물을 새롭게 해석하려는 정신적 표상이 아닐까요? '답정너'같이 바로 대답하며 행동하는 사람은 관습의 언어에 순치돼 약삭빠른 사람일 수도 있습니다. 타인 말을 다 듣기도 전에 자기 말을 우선 생각하는 것은 좋은 태도가 아닙니다. 또 1대1로 대칭시키는 사고 습관은 '마땅히 이러이러한 것들'을 따릅니다. 이미 뇌에 배선된 습관이 자동으로 분출되는 현상입니다. 대상과 바로 연결해버려 다른 생각들이 끼어들 틈새를 주지 않습니다.

　잠시 머뭇거리는 상태는 비난할 게 아닙니다. 상대방 말을 유심히 듣고 있음을 나타내는 예의며, 습관화된 반응을 거부하는 것입니다. 머뭇거림은 일단 답을 유예합니다. 뇌에서 생성할 수 있는 여러 가지 경우의 수에 기회를 주는 단계라고 할 수 있습니다. 바로 대응하지 않는 비대칭적인 사고 방식입니다.

최근 들어 '머뭇거림', '애매모호함' 같은 비(非)대칭적 커뮤니케이션에 주목하는 심리학 연구가 많이 있습니다. 이 연구들은 비대칭적 소통이 갖는 긍정적인 특성을 주목하며 지지합니다. 머뭇거림과 애매모호함을 사물을 새롭게 재해석하려는 정신의 의지로 본 것입니다. 또 머뭇거림은 최근 화두가 되고 있는 양자물리학의 '불확정성 원리'와도 어느 정도 맞닿아 있습니다. 미약한 인간이 내리는 측정과 판단, 언어는 '실체에 대해 정확하지 않은 것 투성이'란 것이지요. 이는 '확실성의 종말'로 이어지면서 인류 현대사상에도 영향을 끼칩니다.

우주도 비대칭 현상이 발생하지 않았다면 탄생하지 못했습니다. 137억 년 전 빅뱅은 완벽한 대칭 상태가 깨진 것입니다. 빅뱅 이후 지극히 짧은 시간 동안, 비물질이 10억 개라면 물질은 10억 1개꼴로 비대칭 현상이 일어났습니다. 자발적 대칭성 깨짐을 통해 우주 입자들은 물질과 질량을 획득했습니다. 그 영향으로 지금의 우주와 사물, 인체를 구성하는 물질들이 생성되었습니다.

비대칭 언어들은 외유내강이 특징이기도 합니다. 돌을 구성하는 재료는 솜털구름같이 몽실몽실해도, 걷어차면 발만 아플 뿐입니다. 소는 육식을 하지 않아도 뼈 골격은 단단하기가 그지없습니다.

낯선 사람에게 긴장하고 어색한 게 오히려 자연스럽지 않나요? 사회에 순치돼 있지 않다는 날것의 감각을 표시하는 단계입니다. 처음 본 사람인데도 어떤 장애도 없다는 듯, 노회한 표정을 지으며 대화하는 게 오히려 더 어색합니다. 머뭇거림과 애매모호함은 상상력의 샘물이 되어 주기도 합니다. 시를 '소리와 소리 사이의 머뭇거림'이라고 합니다. 시인은 말을 먼저 꺼내지 않고, 사물 요정들의 말을 유심히 듣는 사람입니다. 무엇이든 서둘러 대답하고 답이 이미 완성되어 있다면 호기심과 상상력은 생기지도 않을 것입니다.

인간은 태아 단계에서부터 장기간에 걸쳐 육아 과정을 거칩니다. 세상에 나온 후 바로 움직여서 민첩한 판단을 해야 생존할 수 있는 동물에 비해, 인간은 그럴 필요가 없는 것이지요. 그래서 본질적으로 애매모호함, 머뭇거림 같은 비대칭적인 요소들을 갖고 있습니다. 부모가 오랫동안 곁을 지켜주는 덕분에 인간은 비대칭적인 감성과 정서를 발달시킬 수 있었습니다. 비대칭성은 1대1 매칭의 논리적 언어에 지배되지 않습니다. 예술인류학자들은 그러한 특성이 예술과 종교를 발전시킬 수 있었다고 주장합니다. 아이들 말을 유심히 들으면 주위 사물과 거의 동화돼 있는 것을 발견합니다. 아이들은 우주 기본 원리인 '나와 너'의 구별이 없는 상태에 있습니다. 인간 성장 단계에서 우주의 가장 원초적 특징을 잘 지키고 있는 것이지요. "어린이가 가장 훌륭한 예술가다. 관건은 그 상태를 어떻게 유지시키는가에 달려 있다"는 화가 피카소 말은 그런 인간 특성을 잘 표현했습니다. 따라서 인류 특징 중의 하나인 머뭇거림과 애매모호함은 비난거리가 아닙니다. 더 많은 발전의 가능성을 내포하고 있는 상태입니다.

현대사회에서 '망설임', '글쎄요', '서성임', '두리번거림', '낯섦'의 가치가 억울하게 저평가돼 있습니다. 멈칫거리고 주저한다고 해서 전혀 위축될 필요가 없습니다. 빨리 판단하며 빨리 행동하면, 오히려 시야가 좁아질 뿐입니다.

뜬구름 같은 소리?

흔히 비현실적 이야기를 할 때, '뜬구름 같은 소리를 한다'며 비아냥거립니다. 그런데 그런 말이야말로 유토피아에 근접한 말 아닐까요? 모순의 현실을 바꾸려면 현실과 거리가 있는 비현실적인 이야기들이 필요합니다. 현실을 견제하고 비판할 수 있는 것은 결국 비현실입니다. '뜬구름 같은 소리'를 하는 사람이 높은 곳에 있는 게 아니라, 비아냥거리는 사람이 너무 낮은 곳에 있는 것은 아닐까요? 뜬구름은 천국과 지상을 잇는 연결고리 역할을 해서 더 그렇습니다. 저 역시 "뜬구름 같은 소리를 한다"라는 말을 곧잘 들었습니다. 그렇다고 해서 후회한 적 없었으며 오히려 삶의 자양분이 되었습니다.

생태주의자 소로는 진홍참나무를 묘사하면서 "더 높이 오르고 더 승화돼 흙의 성질을 벗어던진다. 빛과 더 친밀해져 마침내 지상의 물질은 최대한 적게 지니며 천상의 영향을 최대한 펼친다"라고 했습니다.

우리는 지구를 거의 오르지 않습니다. 그러나 높게 올라야 합니다. 하다못해 나무 우듬지에라도 오를 수 있어야 합니다. 유럽 칼새는 평생을 거의 하늘에서 지냅니다. 심지어 허공을 날아다니면서 잠을 잔다고 합니다. 그야말로 천상 가까이를 배회하는 새입니다. 그런데 인간은 느티나무 한 그루도 제대로 볼 수 없습니다. 느티나무를 볼 수 없는 것은 우리 정신과 눈이 거기로 향하지 않아서입니다.

고개를 들어 나무, 뜬구름, 하늘, 별을 하루에 한 번쯤이라도 본다면 어떨까요? 여러분들의 시야가 한층 더 넓어질 것입니다. 차원이 낮은 곳에서 머물면, 연못 속 잉어들이 땅 위 인간들을 이해 못 하는 것과 비슷한 처지에 놓입니다. 이제는 3차원이 아닌, 12차원 공간까지 이야기하고 있습니다. 우리가 도저히 알 수 없는 차원이 우주에는 분명히 존재합니다. 우주 현상은 '이상한 것들'의 천지입니다. 그런데 최소한 우리 인간에게 이상할 뿐입니다. 또 이상한 게 잘못된 것도 아닙니다. 뜬구름 같은 생각을 하지 않는다면, 인간은 우주의 이상한 신비를 짐작하기도 어려울 것입니다.

'뜬구름 같은 소리'는 뇌 뉴런들을 새로 조직하는 것입니다. 뇌 속에는 뉴런(신경세포)들이 약 1천7백억 개가량 있다고 합니다. 뜬구름 위에서 무언가를 상상하는 것은 그동안 사용하지 않았던 뉴런들을 끄집어내 새롭게 조직하는 것입니다. 뇌 속 뉴런을 구성하는 원자들은 빅뱅 이후 많은 배열을 경험한 베테랑들입니다. 그들을 그냥 놀게 둘 수는 없지 않을까요? 너무 협소한 영역에 계속 있으면 그들도 관행에 젖어듭니다. 구름 가까이에서 자극하면, 그들은 지난날 지냈던 하늘 높은 곳의 기억들을 술술 풀어낼 것입니다. 유명한 예술가들은 '뜬구름' 주위에서 베테랑들을 툭 툭 자극하면서 주옥 같은 예술언어를 수확합니다. 그들은 잘 사용하지 않는 뇌 뉴런들을 자극시키는 데 탁월한 소질을 가지고 있습니다. 위대한 조각가 미켈란젤로가 "조각은 전혀 어려울 게 없다. 원래 대리석 덩어리 속에 들어 있었던 것이니까. 단지 그 위에 덮인 불필요한 대리석을 깎아냈을 뿐이다"라고 한 말에서 힌트를 얻을 수 있습니다.

가끔 책을 읽으면서 "아, 이 부분은 내가 전에 생각했던 것과 똑같네." 하며 독백하듯이 읊조린 경험이 있을 겁니다. 단지 우리는 위대한 예술가들이 했던 생각들을 현실에 맞지 않는다며 놓쳤을 뿐입니다. 그런 생각들이 떠오르면, 무시하지 말고 메모하는 습관을 기르는 게 좋습니다.

진화학자 다윈은 과학적 사실들을 수집하는 데 열정을 쏟아 자신의 예술적 관심과 재능이 사라지는 것을 무척 안타까워했습니다. 그는 자서전에서 "30살 전후에는 시에서 커다란 기쁨, 특히 셰익스피어의 시극과 그림, 음악에서 큰 기쁨을 누렸다. 그런데 오래전부터 단 한 줄의 시도 읽을 수 없었다. (…) 내 정신은 최대한으로 끌어 모은 사실들을 갈아서 일반 법칙을 생산하는 어떤 기계가 돼 버린 듯하다. 이런 취미를 잃는 것은 행복을 잃어버리는 것이며 지성에도 해를 끼쳤을 것이다"라고 했습니다. 다윈의 진술은 우리 뇌가 관행에 젖으면, 다른 것에는 관심을 갖지 않는다는 의미이기도 합니다.

뜬구름 같은 발상으로 사용하지 않았던 뉴런들을 활성화하기를 바랍니다. 새로운 영역에서 발견하는 기쁨과 행복을 온전하게 느끼십시오. 아인슈타인, 빌 게이츠, 스티브 잡스 같은 자들은 뜬구름 위에서 거의 날을 지낸 인물들입니다. 주위 잔소리에도 전혀 개의치 않았습니다. 훌륭한 예술가들 역시 같은 급입니다. 우리는 그들을 통해 천상의 소리를 조금이라도 들을 수 있습니다.

영국 신경학자 찰스 셰링턴은 인간 뇌를 "요술로 움직이는 베틀"이라고 했습니다. 그 신비한 베틀로 요술을 부려 상상력을 풍성하게 직조하십시오. 계곡물이 폭포수가 되어 콸콸 넘쳐 내리듯이, 어느 순간 전혀 새로운 우리를 발견하고 깜짝 놀랄 겁니다. 여러분들 안에는 무한한 가능성의 우주가 이미 담겨 있습니다.

천재성은 땀과 의지의 산물

놀라운 성취는 꾸준한 연습의 결과입니다. 천재는 하늘에서 갑자기 내려온 사람이 아닙니다. 예술 분야에서 일부 예술인들은 "감상자가 잘 이해 못하는 작품이야말로 위대한 작품"이란 말을 합니다. 저는 이 말에 동의하기가 어렵습니다. 위대한 작가들의 영감과 표현력은 어느 누구도 흉내내기 어려운 능력이 아니라, 꾸준히 생각하고 연습한 결과입니다. 천재 화가로 불리는 고흐의 많은 작품은 살아 꿈틀거리며 친근하게 말을 거는 듯합니다. 그 가운데 '구두 시리즈'는 갖가지 상상을 불러일으킵니다. 작품 속 구두가 시골 농부 것인지, 노동자 것인지, 아니면 고흐 것인지, 같은 짝 구두인지, 서로 다른 짝 구두인지 여러 가지 상상이 갈래를 칩니다. 아주 구상적인 작품인데도 경외감과 신비함을 불러옵니다. 황당한 이야기와 장밋빛 유혹을 하는 것도 아닙니다. 잘 알려진 소재를 그의 운율로 표현했을 뿐인데도, 알 수 없는 내면의 에너지가 감상자에게 공명을 불러일으킵니다. 왜 그럴까요?

저는 지게 같은 커다란 이젤을 짊어진 채, 자연을 돌아다녔을 고흐의 '구두'를 상상합니다. 고흐는 대지의 젖과 땀이 흥건히 육화된 구두로 이곳저곳을 떠돌아다녔을 것입니다. 남프랑스 지역의 강렬한 햇살과 삼나무, 밀밭과 양귀비꽃, 푸른 강물은 그가 말을 걸어주기를 기대했습니다. 그는 진심으로 거기에 화답했습니다.

대지에 '벌러덩' 누워서 모였다가 흩어지며, 때로는 머리 위를 비켜 움직이는 햇살의 미묘한 움직임을 관찰했습니다. 나무뿌리가 땅속의 영양소를 탐색하듯, 고흐는 야생의 성분을 섭취하려는 생명의 요구에 정직했던 것 아닐까요? 자연의 신비함을 몸에 과즙같이 담아온 그는 집에서 낡은 구두를 벗습니다. 대지와 하늘에서 펼쳐지는 야생의 아름다움을 미친 듯이 화폭에 그리기 시작했습니다. 고흐 그림 안에는 흙과 바람과 구름과 하늘과 땀방울이 들어 있습니다.

고흐는 직접 확인하지 않으면, 그림을 그리지 않았다고 합니다. 그가 구두 그림을 즐겨 그린 것도 이런 이유와 무관하지 않습니다. 프랑스 아를에서 고갱과 사이가 벌어진 이유에는 머릿속에서 그림을 그리려는 고갱과의 의견 차이도 한몫을 했습니다. 고흐의 정신적, 육체적 땀방울을 바탕으로 한 '예술적 노고'는 익숙한 사물들을 '새로운 사물'로 재탄생시켰습니다. 감상자는 '예술 공동체'에 초대받는 느낌을 받습니다.

흔히 고흐를 고독한 예술가라고 합니다. 그런데 대지에 발을 깊숙이 담근 채 자연과 늘 대화했던 그는 전혀 고독하지 않았을 것입니다. 프랑스 아를 지방의 밤 풍경과 별이 빛나는 하늘, 그리고 신기루같이 별빛을 포용하는 론강을 무척 사랑했다고 합니다. 작업 구두를 신은 채 론강을 무수히 배회하며 사색했을 것입니다. 그 노력들은 현실화된 정서가 돼 진한 감동을 줍니다.

고흐의 삶 속에서 천재성은 평소에 땀 흘린 사유와 노력의 결과란 사실을 발견합니다. 영국 '비틀스'도 무명에서 전설적 그룹이 되기까지, 리버풀 캐번 무대에서 2년 동안 3백 회에 가까운 공연을, 독일 함부르크에서는 무려 8백 회의 공연을 했습니다.

철새들은 캘린더에 장거리 여행 일정을 적어놓지 않는데도 출발과 도착 날짜를 정확히 압니다. 별 위치, 산맥 지형, 지구 자기장까지 탐지하면서 먼 거리를 이동합니다. 텃

새들은 신기한 능력을 가진 철새들을 동경하며 그들을 천재로 불렀을 것입니다. 그런데 철새들도 먼 거리를 날기까지 자연의 주파수와 맞추려는 수많은 연습을 했고 시행착오도 겪었습니다. 천재는 특수한 재능을 가진 우연의 산물이 아닌, 자기 의지와 땀의 산물입니다. 거기에는 자연의 리듬에 동조하는 열린 자세도 필수적으로 포함합니다.

우리는 왜 예술을 할까요?

　요즘 많은 시민들이 화랑과 공연장이란 수동적인 관람에서 벗어나 적극적으로 예술을 생산하며 즐기고 있습니다. 일상 속의 예술을 회복한다는 차원에서 바람직한 현상입니다. 인간은 왜 예술 활동을 할까요?

　첫 번째 이유는 "나는 누구인가"에 대한 근본적인 물음입니다. 살면서 가끔 이러한 물음이 치고 들어오며 우리를 당혹스럽게 합니다. 우리는 성장하면서 어릴 적 품었던 물음을 애써 외면하곤 합니다. 상품을 살 때는 원산지, 재료, 가격대를 이것저것 따져본 다음에 구입하는데, 정작 우리의 기원에 관해서는 별로 생각하지 않습니다.

　예술은 인간 본질을 탐구하는 데 알맞은 분야입니다. 각 장르에 따라서 차이가 있을지언정, 예술은 근원적으로 내면을 응시하게 돼 있습니다. 내면 탐구를 통해 우주와 자연 원리를 깨닫게 합니다. 그 깨달음을 외부에 투영해 타인들과 공명을 불러일으킵니다. 불교에서도 '내가 바로 부처님'이란 말이 있습니다. 석가모니는 "신을 찾는 것은 소에 올라타서 소를 찾는 것과 비슷하다"라고 했습니다.

두 번째는 무언가 남기려 하는 이유입니다. 예술적인 표현을 하면 뭔가가 남습니다. 화가는 화선지에, 작가는 원고지에, 음악가는 오선지에 예술을 남깁니다. 일시적으로 떠오른 생각은 곧 흩어져버려도 예술적 자취는 우주에서 깊은 공명을 불러일으켜 영향을 끼칩니다. 영향을 끼친다는 것은 곧 뭔가를 남긴다는 말과도 같습니다. 유한한 인생에서 영원을 추구하는 것은 인간의 희망이기도 합니다.

세 번째 이유는 표현하고자 하는 바람입니다. 진화적으로 유전자가 표현할 때 자연은 그것을 선택합니다. 동물들도 빨리 달리기, 기막힌 위장술, 멋진 신혼집 구비 능력을 표현하면 생존 확률과 번식률이 높아집니다. 동물들은 표현함으로써 자연의 선택을 받습니다.

재미있는 예를 들겠습니다. 흔히 개체 밀도가 높아지면 자살한다고 알려진 레밍(나그네쥐)은 실제로 자살하는 게 아니라고 합니다. 시력이 좋지 않은 레밍은 푸른 봄이 오면 들떠 초원을 달리다가 낭떠러지에 멈추지 못해 떨어져 죽는다고 합니다. 그런데 한 레밍이 '구명대'를 차는 상황을 가정해 봅시다. 낭떠러지에 떨어져도 '구명대' 덕분에 살아남으면, 후대에는 '구명대' 유전자를 가진 쥐가 출현할 가능성이 큽니다. 즉, 과거 방식으로 별 생각 없이 살아온 쥐는 죽음과 함께 없어지는데, '구명대'란 표현을 한 쥐는 다음 개체에서 번성할 확률이 높다는 것입니다.

예술 활동도 표현함으로써 인식되고 기억됩니다. 작품 속에 담긴 사유로 인해 작가는 불멸하는 것 아닐까요? 우주에도 파동을 남깁니다. 우리는 위대한 예술가들의 사유를 시공간을 넘어서 언제든지 꺼내 볼 수 있습니다. 책갈피 속에서, 화선지 위에서, 음악 선율에서 작가의 뇌 신경회로를 현재와 연결시킵니다. 뿜어져 나온 진동들은 공명을 일으키며 우리에게 진한 감동을 줍니다. 언젠가는 작가의 뇌 지도를 복사한 컴퓨터 칩을 책에 끼워 넣어 판매할 날이 올지도 모릅니다.

넷째, 힐링적 요소입니다. 예술은 내면에 담긴 유토피아적 향수를 끄집어내 팍팍한 현실을 지탱하는 버팀목 역할을 합니다. 예술가는 언제든지 수레를 타고 원래의 유토피아에 들어설 수 있다는 희망을 간직한 사람입니다. 그는 아주 오래전 세포에 깔려 있었던 천국의 기억을 완전히 지워내지 못한 채, 흐릿하게 간직한 사람입니다. 천국의 사다리로 오르면서 그동안 잊고 지냈던 '아름다운 유토피아'에 관한 기억들을 감상자에게 되새김질시켜 줍니다. 그리고 우리는 천국이 여전히 존재한다는 사실을 깨우치게 됩니다. 천상과 지상의 중재자인 예술로부터 잠시라도 위안을 받습니다.

예술은 인류의 위대한 업적입니다. 예술을 통해 인류의 멋진 향연에 참가하는 것은 여러분을 더 높은 차원으로 이끕니다.

2부

자연과
생의
속삭임

자연의 단순함과 '먹방'

"단순한 게 가장 좋은 것"이란 말을 자주 듣습니다. 제가 생각하기에 단순함이란 인류가 원래 가진 직관을 회복하는 것입니다. 인간의 몸속 원자들은 유구한 역사를 지닌 정상급인데, 우리 의식은 그 사실을 잘 믿지 않습니다. 과학과 이성의 발달로 의식에 미세먼지와 거짓 자아가 흐릿하게 끼어 직관이란 태양빛을 볼 수 없게 되었습니다. 철새들의 눈은 지구 자기장과 양자적으로 얽힘으로써 그들의 위치를 파악합니다. 그런데 현대 인간은 갖가지 벽이 둘러쳐져 있어 자연에 깔려 있는 얽힘과 연결 현상을 수용하지 못합니다.

원시 인류는 복잡한 사고 단계를 거치지 않는 직관의 힘으로 거친 자연에서 생존할 수 있었습니다. 주위 위험에 재빨리 대처하지 않으면 위험에 곧바로 노출되어서입니다. 위험 경고는 타인들에게도 본능적으로 전달됩니다. 뇌 속에 깊숙이 각인된 단순함은 타인들에게도 호소력이 매우 강합니다. 또 자연 주파수와도 잘 맞아 거부감 없이 소통할 수 있습니다.

고대인들은 직관을 통해 "인간은 별의 자식"이란 표현을 했습니다. 과학도 발달하지 않았던 시대에 어떻게 이런 생각이 가능했을까요? 최근 과학은 별에서 폭발한 먼지 잔해로부터 인간 구성 물질인 원자가 생성됐다는 사실을 밝혀냈습니다. 고대인들은 상상력과 직관으로 그 사실을 이미 알고 있었던 것이지요.

생명체를 구성하는 분자들도 매우 단순합니다. 겨우 30개 정도로 구성돼 있습니다. 그것도 우주에서 가장 흔한 것들입니다. 유럽울새는 20그램의 체중으로 크고 험한 대서양을 횡단한다고 합니다. 이는 '스니커즈 초콜릿' 1개에 해당하는 지방입니다. 지방이 많으면 대서양 횡단에 방해가 될 뿐입니다.

겨울에 벌거벗은 나무는 단순한 이미지로 강렬한 인상을 줍니다. 가끔 시간을 내어 동네 키 작은 관목들과 야생풀을 한번 살펴보십시오. 키 큰 나무들에 가려 가난한 삶에 적응하는 그들은 햇빛 부스러기도 고맙게 여기며 생명 활동을 잇습니다. 또 이끼와 지의류는 광합성을 꾸준히 함으로써 대기에 산소를 채워 생명체가 바다에서 육지로 진출하는 데 큰 기여를 했습니다. 그들은 이슬과 햇빛을 먹는 것으로도 족하며 단순함을 즐깁니다. 기적의 다이어트로 불멸에 가까운 삶을 유지하는 것이지요. 철학자 아리스토텔레스가 언급한 천상의 '에테르'와 불교와 힌두교의 '아카샤' 성분이 이와 비슷한 물질 아닐까요?

　동물 역시 겨울에는 거의 활동하지 않습니다. 겨울잠을 자는 동물에서부터 활동을 중단한 채, 서로의 체온으로 버티는 동물에 이르기까지 다양합니다. 겨울 외투와 방수 코트도 스스로 털갈이를 함으로써 준비합니다. 곰은 겨울잠을 자는 동안 체중을 4분의 1가량 줄입니다. 1분에 8차례 정도 호흡하며 죽은 듯이 지내는 것이죠. 다가오는 봄에 대한 확신으로, 자신 있게 겨울잠을 잡니다. 단순하게 살면서 한정된 우주 에너지를 축내지 않습니다. 거기에 비해 인간들은 계절의 정중한 부탁에도 아랑곳하지 않은 채, 수다스럽게 굴며 엔트로피를 증가시킵니다. 대지의 원래 주인은 야생화와 너구리, 토끼들인데도 한낱 종이쪽지에 불과한 토지대장에서 땅 소유권을 주장합니다.

　대형매장에 들르면 생존에 불필요한 물건들이 더 많습니다. '먹방' 프로그램은 인간들을 끊임없이 유혹합니다. 자연을 착취하는 것도 부족해 더 맛있게 먹기 위해, 더 아름답게 먹기 위해 온갖 인공 첨가물을 넣어 '맛의 향락'을 즐기는 것은 조금 생각해봐야 하지 않을까요? 그 과정에서 생겨난 음식물 찌꺼기와 쓰레기들은 그대로 자연에 폐기됩니다. 먹을 게 없어 굶는 이웃들과 배고픈 동물들을 생각하면 지나친 사치란 생각이 듭니다. 더불어 사는 생명 관점에서 방송사들의 지나친 '먹방' 프로그램과 유튜브 방송은 조금 자제할 필요가 있습니다.

또 온갖 사치스러운 옷들이 대형매장을 가득 채우고 있습니다. 가정집에는 한 번도 입지 않은 옷들이 즐비합니다. 과거에는 재봉을 거의 하지 않아 접든지, 줄이든지, 거꾸로 입어도 되는 모시옷 같은 품이 넉넉한 옷들을 입지 않았던가요? 최근 대량 생산되는 옷들은 성장하면 무용지물이 돼버립니다. 여기에다가 단열재와 방음재를 완벽하게 갖춘 인공의 집으로 자연의 기운과 소리를 단절합니다. 식물들은 벌거벗은 몸으로, 동물들은 서로의 온기로 추위를 버티는데, 인간들은 너무 편리를 추구하는 듯합니다. 꼭 필요하지 않은 것에 탐닉하는 행위는 가난한 삶을 후손들에게 물려줄 뿐입니다.

지질학자들은 현재 지구의 지질학적 나이를 홍적세에

이은 '인류세'라고 표현합니다. 이는 인간이 지구에 영향을 끼쳐 자연사와 인류사 간의 구분이 허물어졌다는 뜻입니다. 즉, 인간의 자유가 자연에 의해 구속되며, 심지어 자연의 뜻에 의해 언제든지 사라질 수도 있다는 것이죠. 그래서 '나는 생각한다, 고로 존재한다'가 아닌, '자연은 존재한다, 고로 나는 생각한다'가 될 수 있습니다.

일부 과학자들은 넘어진 지구는 어떻게든 일어나도, 다시 일어난 그 자리에 인류가 계속 존재할지는 불투명하다고 경고합니다. 이제부터라도 당장 행동해야 합니다. 우리의 자유와 생존, 미래 아이들의 이야기를 쓰면서 타인에게 펜을 맡길 수 없습니다. 이익집단에 펜을 넘기면 자기 이익을 위해 쓰게 돼 있습니다. 자연을 사랑하는 이야기를 우리가 직접 써야 합니다. 작은 것부터 일상에서 실천하는 게 필요합니다. 세상을 바꾸려면 일상 현장에서 '사건들'이 우선 일어나야 합니다. 일회용품을 덜 사용하고 분리수거를 철저하게 하는 것에서부터 내부 리사이클링 밀도를 높이는 지역 공동체 운동에 이르기까지 그 범위는 다양합니다.

생존에 불필요한 음식과 물건들을 가능하면 먹지도 않고 쓰지도 않는 용기도 필요합니다. 단순하게 살면서 재활용과 오래 사용하는 것을 생활 습관으로 가져야 한다는 의미입니다. 그것은 자연과 후손들에 대한 사랑을 행동으로 직접적으로 표현하는 것입니다. 신비하기 그지없는 생명을 가동하는 몸속 원자들 역시 빅뱅 이후 오랫동안 재활용된 것들입니다. 그래도 생명은 끄떡없습니다. 오히려 시간이 흐르면서 진화돼 더 뛰어난 종들을 내놓고 있습니다. 자원을 재활용하는 것은 우주의 기본 이치며 도덕률이기에 더 가치가 있습니다.

저 역시 살아오면서 단순하게 사는 법을 잘 실천하지 못했습니다. 지난 시간들을 반추하면 불필요하게 많이 사고, 입고, 먹었습니다. 지구의 심각한 상황들을 애써 외면한 채 편안함을 추구했습니다. 청빈의 삶에 있어서는 구두쇠였던 것입니다. 여러분들에게 빈곤한 터전을 물려줘 부끄러울 뿐입니다. 불교에 정명(正命)이란 가르침이 있습니다. 이 말은 올바르게 생명을 유지하란 뜻입니다. 주위에 피해를 끼치지 않고 최소한의 에너지를 사용해 생명을 유지하란 의미겠죠. 생존의 아슬아슬한 경계선에서 후손들을 위해 어떤 행동을 취해야 할지 이제 분명합니다. 최근의 자연 재해들은 시간이 우리를 더 이상 기다리지 않는다는 것을 경고하고 있습니다. 자연의 단순함을 배우는 것은 바로 우리를 지키는 갑옷이자 무기입니다.

도시 텃밭에서 얻는 기쁨

"누가 구별할 수 있을까, 이제

좋은 것들과 안 좋은 것들을…

제 땀방울로

곡식의 갈증을 달래는 저 사내들

제 젖으로

인간의 뼈를 살찌우는 저 여인들

_생태주의자, 토마스 레인 크로우

도시 텃밭 이야기를 해볼까 합니다. 최근 한 지자체가 운영하는 주말 도시 텃밭 분양을 받았습니다. 분양 신청자가 상당히 많아 경쟁률이 예상외로 높았습니다. 분양받은 사람의 상당수가 젊은 층이어서 아이들과 땀 흘리며 텃밭을 일구는 모습이 좋았습니다. 야생의 땀방울이 흘러넘치는 행복한 표정들을 곳곳에서 볼 수 있었습니다.

초원에서 삶을 시작한 인류는 초원에 대한 본능적 향수가 있습니다. 탁 트인 초원에서는 안정감과 행복을 느낍니다. 그래서 정원은 초원의 축소판이라는 말을 흔히 합니다. 그것도 여의치 않으면 텃밭으로 타협을 하는 것이죠. 여러분이 캠핑을 즐기는 이유도 이와 비슷할 것입니다. 텃밭 교육을 맡은 교수는 검게 그을린 얼굴로 열정적인 진행을 했습니다. 우리가 알지 못하는 자연의 언어를 체화된 언어로 가르쳐주었습니다.

텃밭 교수는 최근 추세가 꽃도 함께 심는 '텃밭 원예'라며 메리골드모종도 나누어주었습니다. 봉선화, 채송화 씨앗도 사서 텃밭 한 고랑에 뿌렸습니다. 연둣빛 잎들이 차츰 자라더니 텃밭에 도착하면 가장 먼저 반겨줍니다. 봉투 속의 깨알 같은 작은 씨가 햇빛과 물, 이산화탄소를 재료로 잎사귀와 꽃, 씨앗을 생산해 내는 게 신비롭기 그지없습니다. 강인한 생명력으로 '스스로 이룬다'는 자연(自然)의 말뜻을 깨우칩니다.

깻잎, 상추, 가지, 고추, 호박, 브로콜리, 치커리 같은 여름작물 성장 시기가 조금씩 다르다는 것도 알았습니다. 생태주의자 소로가 치커리 꽃을 우연히 발견하고서는 흥분을 감추지 못하는 모습에도 공감했습니다. 생물학자 카를 린네가 하루 중 꽃 피는 시간이 각각 다른 꽃들을 구역별로 모아 꽃시계를 제작했다던 낭만적인 이야기도 떠오릅니다.

정원과 텃밭 토양도 썰물과 밀물을 일으키는 조석력에 의해 미세하게 오르락내리락한다고 합니다. 땅속에서 '쟁기질'을 하면서 땅을 비옥하게 만드는 지렁이와 많은 미생물들은 그것을 인지하면서 생물 활동을 합니다. 땅속 지렁이도 우주 리듬에 맞추며 살고 있는 것이죠. 그런데 아스팔트로 토양을 덮어버리면 땅속 생물들이 생체리듬을 인식하지 못합니다. 땅 숨구멍도 없어져 토양의 사막화가 진행된다니 안타까운 일입니다.

텃밭 근처에 늘어서 있는 느티나무, 참나무, 벚나무, 은행나무에 매달린 푸른 잎사귀들로부터 굳어 있던 마음의 근육이 풀립니다. 식물 잎들이 푸른 것은 묵묵히 땀을 흘리며 열심히 일하고 있다는 증거입니다. 식물 뿌리가 야전 사령부 역할을 한다면, 잎사귀들은 최전선에서 땀 흘려 일하면서 꽃과 씨앗을 생성합니다. 여름에 접어들면 식물들은 잎과 꽃을 위해 쏟아 부었던 고된 노동을 거의 멈추고 겨울 한파를 넘기기 위한 내적인 성장에 몰두합니다. 가을에 잎으로 배급되는 영양분이 끊어져 잎사귀 색깔이 바뀌는 게 단풍입니다. 열심히 일할 때는 눈에 잘 뜨이지 않는 푸른 잎들이 한 해 끝자락에 이르면 단풍으로 성숙하게 나타납니다.

하루의 90% 이상을 실내에서 지내는 현대인들이 진짜 동굴거주자일지 모릅니다. '인공 불빛이 켜지면 밤, 꺼지면 낮'으로 인식합니다. 인간 키에 비해 훨씬 더 큰 참나무가 바로 머리 위에 있다는 것을 느끼지 못합니다. 4천5백 년을 거뜬하게 사는 나무가 있는가 하면, 그늘로 7천여 명을 편히 쉬게 하는 나무도 있습니다. 나무를 목재로 인지할 뿐, 정말 놀라운 생명 현상이 거기서 펼쳐진다는 사실을 잘 알지 못합니다. 도시인들이 시골 생활을 꿈꾸고 도시 텃밭과 베란다 상자 텃밭을 가꾸며, 반려 동물을 키우는 것은 초원을 향한 본능일지도 모릅니다. 자연에 대한 본능을 '유사 자연'을 통해 채웁니다.

우리는 숲속의 삶을 꿈꿉니다. 그런데 현실은 그렇지 못합니다. 그렇다고 낙담할 필요는 없습니다. 우주를 탐구한다고 해서 우주를 다 돌아다닐 필요는 없을뿐더러, 불가능합니다. 그 꿈은 잠시 미뤄두고서 현재 잘할 수 있는 일을 하면 됩니다. 정원이든, 주말 텃밭이든, 옥상정원이든, 실내 수경 식물이든, 당장 할 수 있는 것들이 좋지 않을까요? 여기서도 수많은 탄생, 성장, 아름다움, 결실의 과정을 볼 수 있습니다.

다석 류영모 선생은 "사람이 이 세상에서 영원히 살겠다고 몸부림치면서 살다 죽는 것은 멸망이지 생명이 아니라고 한다"며 인간의 어리석음을 꼬집었습니다. 흙을 가꾸는 일은 내 존재를 가꾸는 것이며 자연의 영원성을 깨우치는 일입니다. 오늘 책상 위, 아니면 실내 적당한 곳에 예쁜 식물들을 갖다 놓아 봅시다. 우리 마음이 평온해지는 것을 느낄 수 있습니다.

벚꽃 예찬

봄기운이 완연합니다. 둔탁하게 느껴졌던 대지 위에서 꽃잎 터지는 소리가 여기저기서 들려옵니다. 우리가 미처 생각하지 못했던 시공간에서 나무와 꽃들이 온갖 어려움을 뚫고 나와 각자 인사를 건넵니다. 새빨간 동백꽃, 새하얀 매화, 샛노란 산수유꽃…. 이어서 개나리, 진달래, 벚꽃, 철쭉…. 꽃구경하기 참 좋은 계절입니다. 희망이 넘실거리는 봄꽃들은 여러분들을 떠올리게 합니다. 꽃의 존재 이유가 벌과 새들을 유혹해 씨앗을 뿌리는 것이라면, 굳이 저렇게 예쁠 필요가 없는데도 화사한 자태를 자랑하는 것은 지상이 인간을 위해 갖춰진 무대가 아닌가하는 어리석은 생각에 잠시 젖어들기도 합니다. 그게 아니면 벌과 새들은 원초적인 아름다움을 느끼는 감각이 매우 훌륭한 것이겠죠.

많은 봄꽃 가운데 매혹적인 자태로 단연 설레게 하는 것은 벚꽃일 것입니다. 아침 햇살에 활짝 핀 벚꽃은 말할 것도 없거니와, 밤 산들바람에 눈송이처럼 팔랑거리며 제 몸을 떨구는 벚꽃도 진한 여운을 남깁니다.

가장 절정에 있을 때 미련 두지 않고 지는 벚꽃의 비장함…. 스스로의 임무를 다한 후 삶에 연연하지 않겠다는 듯, 가장 아름다운 순간에 집니다. 죽음이란 종말이 어깨 위에 걸터앉아 있는데도 희망을 노래할 수 있는 그 초연함…. 벚꽃은 우리를 '성숙'의 의미로 깊숙이 끌어당깁니다.

스스로 떨어지기를 재촉하는 벚꽃은 시공간의 축지법을 쓰는 듯합니다. 시간과 공간의 철학자인 벚꽃으로부터 반 고흐의 〈아를의 별이 빛나는 밤〉이란 작품이 떠오릅니다. 고흐는 별빛이 여기저기서 터지는 천상에 빨리 이르고자 마치 축지법을 쓰듯, 원근법을 무시하고 땅과 하늘의 거리를 대폭 줄여버리는 파격적 기법을 썼습니다. "나는 이 강가(프랑스 아를의 론강)에 앉을 때에는 목 밑까지 출렁이는 별빛의 흐름을 느낀다. 캔버스에서 별빛 터지는 소리가 들린다. 나를 꿈꾸게 하는 것은 저 별빛이었을까?…. 왜 하늘의 빛나는 점은 프랑스 지도의 점같이 닿을 수 없을까? 우리는 별에 다다르기 위해 죽는다"라고 동생 테오에게 편지를 썼습니다. 그는 벚꽃같이 죽음에 초월해 있습니다.

짧은 시간 동안 치열하게 살면서 마지막 자양분까지 거절하며 제 뿌리로 돌려주는 벚꽃. 비어져 가득한 모습에서 숭고한 아름다움을 느낍니다. 절정의 벚꽃은 쓸쓸하기는 해도 숭고합니다. 제 있을 자리를 압니다. 금방 피었다가 순식간에 내려놓는 벚꽃으로부터 죽음의 심오한 의미를 떠올리는 것도 그런 이유일까요? 찬란한 봄날에 〈봄날은 간다〉란 대중가요가 심금을 울리는 것도….

흔히 '눈 깜짝할 사이에 벚꽃이 졌다'고 말합니다. 그런데 인간의 '금방'이라는 시간이 벚꽃에게는 절대 짧았던 시간이 아니었을 겁니다. 하루살이의 '하루'가 인간의 하루와 같은 차원은 아닙니다. 힌두교 신의 하루는 인간의 4억 3천 2백만 년에 해당한다고 하니, 시간의 상대성이란 상상하기도 어렵습니다. 우주 차원에서 인간이 누리는 시간은 하루살이에도 훨씬 못 미치는 짧은 순간입니다.

우리는 이 짧은 시간 동안 무엇을 할 수 있을까요. 우리에게 주어진 시간은 생각과 활동의 밀도에 따라서 측정되는 시간입니다. 시간은 늘릴 수는 없어도, 가꿀 수는 있습니다. 벚꽃의 일생은 순간을 즐기면서 찬란하게 살되, 인류와 자연에 유익하게 살라고 가르쳐줍니다. 땅에 떨어진 벚꽃은 '인생은 한 번뿐이다. 그런데 제대로 산다면 한 번으로도 충분하다'라며 표정도 밝습니다.

석양은 그 자체가 아니라, 주위를 신비롭게 물들이는 노을의 눈부심으로 인해 더 아름답습니다. 한낮 동안 바친 열정과 사랑의 밀도가 높으면 석양은 주위를 더 눈부시게 합니다. 여러분들에게는 아직도 허락된 시간이 많이 남아 있습니다. 희망과 가능성의 많은 시간들을 후회 없이 찬란하게 사는 것…. 산들바람에 흩날리는 벚꽃으로부터 그 오묘한 지혜를 배웁니다.

조물주가 인간에게 특혜를?

우리 인간은 다른 동물과 비교하면 연약하기 그지없습니다. 용량이 큰 두뇌 덕분에 도구와 옷, 농사법을 발명해 자연에서 생존합니다. 타 생명체에서 에너지를 빼앗아 오지 않으면 생존이 불가능한 존재입니다. 나무와 식물은 오직 자기 힘으로 광합성을 하면서 에너지를 얻는다는 사실을 여러분은 잘 알 겁니다. 또 동물은 강한 근육질과 민첩성을 무기로 생명을 유지합니다. 그들은 근육과 심장이 자기 몸 안에 있다는 것을 전적으로 신뢰합니다.

이에 비해 원천적으로 약골인 인간은 두뇌를 사용해 자연으로부터 에너지를 얻습니다. 사회학자 제러미 리프킨은 "한 사람을 1년 동안 키우려면 2천7백만 마리의 메뚜기와 1천 톤의 풀이 필요하다"고 했습니다. 또 산업사회에서는 과거에 비해 1인당 1천 배 에너지를 더 사용해야 생활할 수 있다고 덧붙였습니다.

조물주는 왜 인간에게 이런 특혜를 주었을까요? 인간 뇌는 '우주에서 가장 위대한 걸작'이란 평가를 받습니다. 다른 생명체들에 비해 뇌 속 뉴런 연결망을 자유자재로 사용할 수 있습니다. 뇌는 우리 은하의 별자리 숫자와 비슷한 약 1천7백억 개의 뉴런을 가지고 있습니다. 뉴런 간의 연결망을 합치면 수백조의 수백조를 곱한 것과 비슷해 실질적으로 무한대입니다. 우리는 요술램프 '지니'를 이미 받았습니다. 여러분들이 기발하게 상상하며 멋진 계획을 세우는 것은 그 덕택입니다.

조물주가 인간에게 똑똑한 뇌로 우주 실체를 규명하란 의무를 준 것 아닐까요? 조물주가 한 치 오차도 없이 황홀한 우주 쇼를 제작했는데, 객석이 텅 비어 있으면 허무할 게 분명합니다. 그 누구도 알아주지 않는 우주는 존재하지 않는 것과 같으니까요. 조물주는 '우주 자서전'을 대리 집필시키기 위해 인간에게 근사한 뇌를 주었을 수도 있습니다. 따라서 관찰하지 않으면 우주는 존재하지 않습니다.

조물주는 우주 비밀을 알아내 다른 생명체들과 널리 공유하라는 숙제를 던졌습니다. 그런데 아직 인간의 힘으로는 먼 우주까지 자료 조사 여행을 떠날 수 없습니다. 그래서 조물주는 인간에게 우주의 빛을 먼저 보냈습니다. 태초의 빛으로 다가온 우주는 우리에게 자기 본질을 규명해달라고 요구합니다. 예술과 철학, 인문학, 과학, 종교를 통해 '우주의 대서사시'를 규명하란 임무를 맡긴 것이지요.

인류가 주어진 의무를 게을리 한다면, '지구의 악랄한 약탈꾼'이란 비난을 받을 것입니다. 게다가 잠에서 막 깨어난 조물주가 어떤 요술을 부릴지 모를 일입니다. 신성한 의무를 인간이 아닌, 지구의 다른 생명체 혹은 다른 행성의 종족에게 맡길지 누구도 알 수 없습니다. 조물주는 약 35억 년 전, 화성 생명체들이 성에 차지 않았는지 강력한 태양풍을 쏘아댔습니다. 그 결과 화성 대기는 사라져버려 생명체가 존재할 수 없는 황폐한 곳이 되었습니다.

인류는 우주로부터 특별한 사명을 받은 존재란 것을 늘 상기해야 합니다. 우리의 목적을 기억하라라며 부탁하는 소리를 하늘로부터 들을 수 있어야 합니다. 우주적 차원에서 우리 존재 목적은 생명과 사물 내면을 여행하고 관찰해 그 여정을 남기는 것입니다. '자연의 집사'로서 우리가 어떤 행동을 할지는 자연공동체 모두의 관심사입니다.

스위스 식물학자 린네는 인간에게 '영장류(primate)'란 명칭을 달아주었습니다. 인간의 우주적 역할을 떠올리면 힘과

권위가 으뜸이 아닌, 배려와 자비심이 으뜸인 인간이 절실합니다. 우리가 망치를 들면 사물을 못 머리로, 물뿌리개를 들면 꽃봉오리로 볼 수 있습니다. 우주의 신비한 암호를 풀기 위해 자연과 친밀하게 대화하면, 그들은 기꺼이 인터뷰에도 협조합니다. 때로는 스스로 알아서 이야기를 술술 풀어낼 것입니다.

영국 시인 윌리엄 워즈워스가 이러한 신성한 의무를 깨달은 대표적 인물이 아닐까 합니다. 워즈워스는 그의 작업실과도 같았던 영국 중부지방 한 국립공원 호수에서 수많은 불멸의 시를 탄생시켰습니다. 워즈워스의 〈영혼불멸송〉의 일부입니다.

'완전한 태만 속에서도 아니고

완전한 무심 속에서도 아니고

주 영광을 따라 갈 때에 오직

우리와 함께 계신 주님 형상이

우리가 살 수 있다.

아무것도 꽃과 풀 속의 영광된 시간을 돌려놓을 수 없지

만, 우리는 슬퍼하지 아니하며

오히려 그 속에 담겨 있는 주의 권능을 발견한다.

언제든지 함께했던 태곳적부터의 동정심 속에

아픔을 체득하고 나온 위로의 마음속에

죽음 앞에 바뀌지 않는 믿음 안에

우리를 살아 있게 해주는 심장 덕분에

그 심장의 따뜻함과 기쁨과 두려움 덕분에

바람에 날리는 가장 연약한 꽃 한 송이조차

눈물로 흘려 스치기에는 너무 깊은 사념을 준다.

시인이 존재의 의미를 발견한 '가장 연약한 꽃 한 송이'는 목숨을 다하는 순간에도 기뻐했을 겁니다. 시인이 불멸의 언어를 이식하지 않았다면, 꽃 한 송이는 죽는 순간에 가련한 존재가 되었을 것입니다. 우주를 관통하는 시인의 통찰력으로 꽃 한 송이는 영생을 누리게 되었습니다. 떨어진 꽃 한 송이의 우주적 의미를 서술했습니다. 이를 지켜본 조물주도 매우 흡족했을 것입니다. 이게 바로 그가 원하는 뜻이니까요.

자연을 영혼으로 느끼면, 자연과 대화할 수 있습니다. 자연을 친구로서 대하면, 자연을 함부로 다룰 수가 없습니다. 예술 활동과 사색과 독서, 글쓰기, 과학 탐구, 예배 행위들은 우주 실체를 규명하는 데 알맞습니다. 그것은 우주 자서전을 공동집필하는 의미 있는 행동입니다. 제 책도 여기에 조금이라도 기여할 수 있다면 더없이 좋겠습니다. 우주가 우리에게 맡긴 신성한 의무를 떠올리면, 인생에 또 다른 의미가 피어날 것입니다.

혼자 할 수 있는 것은 없습니다

최근 일부 청년들이 결혼에 대해서 부정적이라는 것을 알고 있습니다. 이와 맞물려 지나친 반려동물 프로그램과 먹방 및 유튜브는 대리 행복을 부추깁니다. 우리 몸속에서 샘솟는 육아와 사랑이란 행복 도파민을 다른 곳에서 벌충하는 것이지요. 이런 현상은 철저히 고립된 사회에서 이해는 할 수 있어도, 너무 지나치면 좋지 않다는 생각입니다.

물론 결혼에 부정적인 현상은 사회적, 경제적 요인이 주원인입니다. 아무런 걱정 없이 결혼할 수 있는 기반을 제공하지 못한 기성세대들이 책임져야 할 부분입니다. 가파른 집값 상승과 미비한 사회복지제도, 아동 보육시설의 취약함으로 인해 청년층으로 하여금 결혼을 망설이게 합니다. 이웃공동체가 돌봄을 분담했던 과거와는 달리, 오직 자기 힘으로 집을 구하고 아이들 양육까지도 책임져야 하는 청년들에게 결혼은 커다란 부담임이 분명합니다. 특히 인생이란 무거운 짐을 짊어진 채, 가진 것도 없이 전부 새로 시작해야 하는 청년들에게는 더 그렇습니다. 오죽했으면 결혼은 해도 아이는 갖지 않겠다는 한 청년으로부터 "인생은 어차피 슬픔의 연속이어서 자식들에게는 더 이상 이런 세상을 경험 안하게 하고 싶다"란 말을 들었을까요?

영국에서 공부할 때, 영국 아동 복지의 관대함이 저는 오히려 낯설 정도였습니다. 전통적으로 '요람에서 무덤까지'란 슬로건을 내건 영국 사회복지제도는 부러움의 대상이었던 것이죠. 정치권이 결혼 회피와 저출산 현상에 관한 본질적 대책은 내놓지 않고 임시 처방을 되풀이하는 게 안타깝습니다. 자원을 이미 선점한 기성세대들은 청년층이 희망을 가질 수 있게 특단의 대책을 내놓아야 할 것입니다.

그런데 청년들도 전념(집중)의 가치를 조금은 생각해봤으면 합니다. 너무 일회용이고 임시적이면, 차츰 단계를 밟는 '성취'의 쾌감을 누리기가 어렵지 않을까요? 40대 솔로들의 불행지수가 가장 높다는 통계가 이를 받쳐줍니다. 결혼은 '인생의 찬란한 여정'이란 말이 있습니다. 부부는 함께 살을 부대끼면서 자식을 키우는 어려운 선택을 합니다. 거의 인류애적 사랑에 가깝습니다. 최근 들어서는 아이들을 극진히 키우는 부부들에게서 존경심과 거룩함까지 느껴집니다. 결혼은 인생의 긴 여정에서 더 다양한 '성취'를 누리게 해줍니다.

많은 드라마와 영화에서 결혼 직전 장면으로 막을 내리는 이유가 무엇일까요? 로미오와 줄리엣이 함께 살았다면, 그들의 인생은 어떻게 펼쳐졌을까요. 셰익스피어는 그들을 어떻게 묘사할까요? 그들은 함께 죽을 수는 있었어도, 함께 살지는 못했습니다. 결혼해서 아이들을 키운 다음, 인생을 관조하는 평범한 노인들이 오히려 더 위대한 삶을 사는 것은 아닐까요?

결혼하면, 뭔가에 붙들려 있는 것 같아 손해같이 느껴져도 실제로는 인생을 풍성하게 해줄 수 있습니다. 우주 현상을 살펴봐도, 빅뱅 이후 오로지 확장만을 거듭했다면 지금 같은 우주, 별과 생명체들은 탄생하지 못했습니다. 끌어당기는 힘, 중력이 있었기에 무한대로 퍼지지 않고 물질을 생성했습니다. 별과 행성의 공전과 자전도 중력이 작용하기에 가능한 일입니다. 우주에서 중력은 요술 단지와도 같습니다. 결혼도 중력과 같아 안정적인 상태에서 많은 것을 생성해줄 수 있는 기반이 됩니다. 행복은 함께하며 서로 맞추는 과정에서 생기는 것 아닐까요?

여러분들은 그저 태어난 게 아닙니다. 부모님, 특히 어머니는 산고를 겪으면서 죽을힘을 다해 우주 에너지를 끌어모았습니다. 또 태어날 아이를 위해 우주 에너지 진동이 한 지점에 집중적으로 모이게 초인적인 힘을 발휘했습니다. 여러분에게는 빅뱅의 빛과 별 에너지, 우주의 기운이 전부 다 들어 있습니다. 부모님으로부터 우주와 별의 시간들을 선물받았던 것입니다. 여러분이 움직이며 생각하고 여행하는 것들은 모두 그 혜택에 기대고 있습니다. 생명 탄생을 위해 노력한 부모님의 순간들을 생각하면 숭고하기 그지없습니다. 여러분이 받은 혜택을 우주에 돌려주는 것도 숭고합니다.

꼭 결혼을 해야 한다고 주장하는 것은 아닙니다. 또 결혼해서 꼭 아이를 낳아야 한다는 것도 아닙니다. 하고 안 하는 것은 선택에 달려 있습니다. 또 솔로사회가 절망적인 미래가 아니듯이, 비결혼과 비출산은 가치 없는 인생이 아닙니다. 단지 자연의 본질적인 에너지인 연결과 결합을 부정하는 게 우려스럽습니다. 연결과 결합은 자연의 강력한 원리입니다. 물질을 구성하는 원자 생성 과정도 여기에 바탕을 둔 것입니다. 원자는 양성자와 중성자가 결합한 원자핵(양전하)과 전자(음전하)로 구성돼 있습니다. 원자핵은 우주 역사상 최초의 결합이라고 불립니다. 이 과정에서 양성자는 중성자에 비해 0.14% 정도 체중을 줄여 원자핵을 생성한 후 플러스 전하를 가지면서 전자와 결합했습니다. 양성자는 당장의 어려움에 아랑곳하지 않고 혁신에 불필요한 요소를 용기 있게 포기, 전자와의 결합을 성사시켰습니다. 이렇듯 성공적인 관계를 이루기 위해서는 어느 정도 희생이 따르게 돼 있습니다.

원시 유기체가 약 30억 년 전에 광합성을 발명한 것도 연결과 결합의 힘입니다. 태양과 이산화탄소, 물을 결합시켜 에너지를 생산했습니다. 또 지상에서 몸무게가 가장 무거운 식물과 개체 수가 가장 많은 곤충의 결합으로 성사된 꽃가루받이(수정)도 결합 덕택입니다. 식물 꽃가루받이가 없다면 인류와 동물의 생존은 아예 불가능합니다. 자연에서 혼자 힘으로 할 수 있는 것은 아무것도 없습니다. 조물주는 타 생명체와 더불어 살게 하기 위해 본능적 끌림을 생명체에 이미 심어놓았습니다. 우리 인체 호르몬과 구조도 고립을 피하며 함께 지내는 데 최적화돼 있습니다. 원자들도 한 번 짝을 맺으면, 아무리 먼 우주에 서로 각각 떨어져있어도 반응을 합니다. 이를 '양자 터널링 효과'라고 합니다.

자연에서 연결을 부정하면 꼭 부작용이 따른다는 것을 우리 사회에서 목격합니다. 자연이 인간에게 복수하는 무엇인가가 있다면, 그것은 철저히 조각나고 왜소화된 인간일 것이란 생각을 해봅니다. 인류가 자연을 착취하며 조각냈듯이, 인간 공동체를 말살시켜 지구에서 가장 약한 종족이 되는 과정을 확인하려 할지도 모릅니다. 1인 가구의 가파른 증가와 고독사, 인구 감소 현상, 사회 파편화 같은 현상들이 대표적입니다. 특히 선진국 가운데서도 한국은 가장 낮은 출산율을 가지고 있습니다. 혼자 사는 사람이 1천만 명에 이르며, 3세대 후에는 한국 인구가 3백만 명이 될 것이란 우울한 전망도 있습니다.

전통적인 결혼 방식은 아니더라도, 다양한 결혼 형태들이 있습니다. 예를 들면 육아동맹, 이중 주거커플, 계약 결혼 같은 것입니다. 육아동맹은 결혼 후 아이들 양육은 함께 책임지되, 각자 다른 곳에서 자유롭게 사는 것을 의미합니다. 이혼 부모들의 공동양육 형태와는 다른 차원입니다. 이중 주거커플은 주말부부가 아닌, 아예 다른 집에서 따로 사는 경우입니다. 미국에서는 7% 정도의 부부가 이런 삶을 산다고 합니다. 또 '한 동네가 아이를 키운다'란 말이 있듯이, 어른들이 가까이 살면서 함께 아이를 키우는 육아공동체도 있습니다.

안전한 귀가를 걱정해주는 누군가가 집에서 기다리고

있다는 자체가 바로 행복입니다. 결혼에 대해서 지나치게 부정적으로 생각하지 말고, 그 가치와 당위성을 한 번쯤은 다시 생각해 봤으면 좋겠습니다.

우리의 인연은 특별합니다

　우리은하에는 3천억 개 이상의 별이 있습니다. 우리은하 또한 1천억 개 이상의 은하로 이뤄진 우리은하단에 속해 있는 것을 떠올리면, 지구는 그야말로 먼지 한 톨 같은 곳입니다. 인류는 137억 년 우주 역사 속에서 0.0000000000.....%의 시간을, 0.0000000000.....% 공간을 차지할 뿐입니다. 영겁의 시간과 무한의 공간 안에서 같은 시공간을 공유하는 우리는 아주 특별한 인연이 아닐 수 없습니다. 그중에서도 한솥밥을 먹고, 함께 숨 쉬는 부부와 가족의 인연을 어떻게 설명할 수 있을까요. 우주학자 칼 세이건은 "광막한 공간과 영겁의 시간 속에서 행성 하나와 짧은 순간을 그대와 공유할 수 있음은 나에게 커다란 기쁨"이라며 아내를 향한 사랑을 표시했습니다.

　이 글을 쓰는 이유도 여러분이 조금이라도 더 일찍 자

연이 전해주는 기묘한 인연의 의미를 알아들었으면 하는 심정이 담겨 있습니다. 그 깨우침은 바로 책임과 사랑, 그리고 배려입니다. 앞으로 여러분이 이 평범한 진리들과 늘 함께 지냈으면 좋겠습니다.

부부가 맺어진 인연의 의미를 잘 깨닫고 소중히 가꾸어야 합니다. 이는 부부뿐 아니라, 어떤 형태로든 관계를 맺고 있는 모든 사람에게도 해당됩니다. 그것을 깨닫지 못한 사람은 일회용 컵을 다루듯, 결혼의 인연과 관계맺음을 쉽게 내던져버립니다. 결혼이란 처음부터 성격과 가치가 다른 사람 간의 결합입니다. 따라서 마찰이 생길 수밖에 없습니다. 특히 집안 대대로 내려오는 유전자가 판이해 마찰이 생기는 게 당연합니다. 그것을 불편하게 여길 필요가 없습니다. 결혼은 서로가 인내하며 조율하는 과정이니까요. "가장 쉬운 관계는 많은 사람과 맺는 것이며, 가장 어려운 관계는 단 한 명과 맺는 것"이란 말이 있습니다. 그래서 부부는 시시때때로 말실수를 하고 송곳 같은 말로 힘들게 합니다.

미국 로키산맥 해발 3천 미터 높이에는 수목 한계선이 있습니다. 여기서 자라는 나무들은 매서운 비바람에 곧게 자라지 못하고 무릎 꿇고 있는 모습을 한 채 서 있습니다. 생존하기 위해 처절하게 몸부림을 친 결과입니다. 그런데 소리 공명이 가장 잘 되는 명품 바이올린은 바로 이 '무릎 꿇은 나무'로 만들어진다고 합니다.

우리 뜻대로 되지 않는 소통도 마찬가지 아닐까요? 서로를 향해 '마음의 무릎'을 겸손하게 꿇을 때, 소통은 비로소 시작됩니다. 물론 덜커덕거리는 마찰음도 있습니다. 우선 한 걸음 한 걸음, 자기 생각 바깥으로 향하는 게 중요합니다. 가능하면 서로의 감정을 내려놓습니다. '상대가 아는 것을 알고 싶어 하고, 상대가 생각하는 것을 함께 생각하는 태도'가 매우 중요하다는 것을 느낍니다. 상대 감정과 어려움에 방향을 맞추며 이야기를 들어주는 데서 사랑은 시작됩니다. 어떤 관계든지 간에, 함께 붙어 레슬링 하듯 옥죄면 높은 곳을 오를 수 없습니다. 또 서로가 서로를 공부해야 하며 상대방의 언어를 배워야 합니다.

어떤 분이 "부부 생활 제1원칙으로 과일 가운데 감과 사과를 매번 떠올리라"고 한 말은 인상적입니다. 감은 감사하는 것이며, 사과는 사과하는 것입니다. 늘 감사하며 사과하십시오. 타인이 나를 기분 안 좋게 할 수는 없습니다. 내가 기분 안 좋기로 결정했기에, 기분이 안 좋을 뿐입니다. 그 요동치는 기분을 잘 다스릴 필요가 있습니다. 현재 기분을 상대에게 전파해서도 안 됩니다. 기분에 대한 책임은 오로지 당사자 몫입니다. 예를 들어, 남편이 회식 자리에서 술을 기분 좋게 먹은 후 늦게 집에 왔습니다. 그 기분을 아내에게 전하지 말아야 합니다. 아내는 남편을 기다리며 외로운 식사를 했을 것입니다. 남편 귀가를 걱정하며 마음이 편치 않은 상태입니다. 그런 상태에서 남편이 알량한 기분을 자랑하면 아내의 마음은 어떨까요? 남편 기분이 좋지 않은 상태도 비슷합니다. 아내에게 그것을 전하면 아내는 불편하게 돼 있습니다. 그런데 남편이 그 감정을 재빨리 접고, 다정한 대화를 나누면 불편한 감정은 어느샌가 사라져 있습니다.

여러분이 결혼을 했다면 사랑을 구체적으로 표현할 수 있는 좋은 무대를 가지고 있는 것입니다. 사랑을 실행하지 않는다면, 그것은 진정한 사랑이 아닙니다. 가상공간에서 많은 사람이 '좋아요'와 '하트'를 눌러도 그 진심은 짐작하기 어렵습니다. 부부간 사랑은 '인조 사회'에서 느끼기 어려운 살가운 사랑이 펼쳐지는 무대가 아닐까요? 일상에서 사랑을 느끼면, 바깥에서도 참사랑을 실천할 가능성이 큽니다.

부부와 친한 친구는 '우주가 파견한 신비의 전달자'란 말도 있습니다. 우주가 배달해주는 존재 자체의 기쁨을 함께 누립니다. 어떤 경우에는 우주 이치를 따르지 않는 상대방 잘못을 깨우쳐주기도 하는 조물주 대리인이기도 합니다. 시간이 흘러 누군가 기억이 가물가물해지면, 특히 아내는 신기하게도 과거를 잘 기억해 냅니다. 이같이 남편과 아내는 서로의 기억 열쇠를 쥐고 있는 장본인들입니다. 기억을 하지 못한다면, 삶의 일부를 영원히 잃어버리는 것과 같지 않을까요?

아내란 존재는 남편이 낭떠러지에 이르면 안전한 초원으로 다시 데리고 올 존재임이 분명합니다. 아무리 많은 사람과 사회적 관계를 맺어도, 이런 역할을 해줄 수 있는 사람을 찾기란 어려운 일입니다.

여성이 살기 좋은 곳이
남성도 살기 좋은 곳

우주를 직조하는 동력은 음전하를 가진 전자들의 강력한 힘 덕택입니다. 화학 과정에서 전자는 원자로부터 분리돼 '게임 체인저' 역할을 합니다. 전자 쟁탈전이라고 불릴 정도로 원자들 간의 경쟁은 치열합니다. 원자핵은 전자를 얻음으로써 비로소 진정한 원자가 됩니다. 남성중심주의 시각에서 '원자가 전자를 버린다'라고 하는데, 이는 잘못된 표현입니다. 오히려 자유 의지를 가진 전자가 움직이면서 생성의 씨앗을 곳곳에 뿌립니다. 그 씨앗들은 참으로 신기하며 다채롭습니다. 따라서 지상은 전자가 움직이는 거대한 생태판이라고도 할 수 있습니다. 자연의 리듬 가운데 많은 부분은 전자의 뜻에 달려 있다고 해도 틀린 말이 아닙니다.

자연을 유심히 관찰하면 대부분 모계 중심이란 것을 알수 있습니다. 암컷 마음에 들기 위한 수컷의 구애 행위는 목숨을 내걸 정도입니다. 예를 들면, 공작새 수컷은 화려한 깃털로 암컷을 유혹하는 대가로 포식자 눈에 잘 뜨이는 각오를 해야 합니다. 참새와 비슷한 크기인 천인조 수컷은 꼬리를 1.5m까지 늘리는 놀라운 묘기로 암컷에게 필살기를 바칩니다. 정자새 수컷도 사랑방 입구를 온갖 기묘한 장식으로 꾸며 암컷 마음을 얻으려 열심히 노력합니다.

수컷 개미들은 어떨까요? 평생 동안 눈칫밥을 먹다가 여왕개미가 정자를 모으기 위해 혼인비행을 하면, 주위로 몰려들어 다른 수컷들과 치열한 경쟁을 벌입니다. 겨우 수정에 성공하면, 수컷들은 죽습니다. 여왕개미는 정자주머니를 차고 다니면서 축적된 정자를 수시로 꺼내 알을 낳습니다. 고층아파트에도 개미들이 있는 이유는 이삿짐 엘리베이터에 실려 온 여왕개미가 수컷 없이도 언제든지 알을 낳을 수 있어서입니다.

해마는 더 특이합니다. 암컷은 수정이 되면 수정란을 수컷 배주머니로 넘겨버린 후, 자유로운 삶을 누립니다. 수컷은 짝짓기 전에도 배주머니 '견적'을 제시하면서 "잘 키우겠다"며 암컷에게 구애 전략을 펼친다고 합니다. 모르몬 귀뚜라미 수컷은 정자주머니에 정자와 영양분을 따로 준비해놓아 암컷은 영양분을 충분히 섭취한 다음 정자를 품습니다.

식물도 이와 비슷합니다. 동물 정액에 해당하는 수술 꽃가루는 핵을 두 개 가지고 있습니다. 중복 수정이라고 불리는 이 과정에서 하나는 수정을 위해, 다른 것은 모유에 해당하는 배젖을 위한 핵입니다. 수술 꽃가루는 전 재산을 털어서 결혼 전에 미리 '육아용 우유'까지 준비해 두는 것이지요. 수술 꽃가루관이 암술 밑씨에 닿아 씨를 잉태하면 임무를 다한 수술은 먼저 떨어져 생을 끝냅니다.

그런데 인간 세상에서는 이야기가 다릅니다. 인간 난자는 오랫동안의 노력 끝에 다시 생성되는 데 비해서 정자는 손쉽게 재생성됩니다. 그렇다 해서 남성이 여성에게 깜짝 놀랄 정도의 묘기를 펼치며 재산 기부를 하는 것도 아닙니다. 또 여성들은 오랜 임신 기간 동안 내내 아이를 키워야 합니다. 출산과 육아 과정에서도 엄청난 노력과 희생을 치릅니다. 연약한 인간은 유아기까지 온 정성을 쏟은 모성 덕분에 안전하게 성장합니다. 다른 포유동물 새끼가 출산 직후 바로 뛰어다니는 것과 비교하면, 인간 모성의 위대함에 경탄하지 않을 수 없습니다.

진화생물학자들은 공상소설 속에서 가능한 이야기였던 '남성 없는 시대'가 곧 올지 모른다는 놀라운 주장도 합니다. 현재 체외수정과 냉동정자로 아빠를 선택하는 '초이스

맘' 같은 형태는 전 단계적 현상입니다. 생물학자들은 남성의 Y염색체가 1세대에 1%씩 줄어들고 있다는 연구 결과도 발표했습니다. 대략 12만 5천 년 후에는 Y염색체 자체가 없어질 수 있다고 경고합니다. 남성들 일부가 허세를 부리는 것은 정직하지 못한 상인이 하는 일입니다.

인류학자들은 원시사회에서는 출산하는 여성을 신성시 했으며 여성들이 부족 의사 결정에 큰 역할을 맡았다는 설명을 합니다. 산업 혁명 이후 분업화 영향으로 남성은 바깥에서, 여성은 집에서 가정을 돌봐야 하는 역할을 강요당했던 것이지요. 사회학자 엥겔스는 "지구 역사상 최초의 하인은 여성"이라며 당시 시대상을 비판했습니다.

이제는 지식사회입니다. 산업 혁명은 증기 기관을 발명해 '근육'이 더 이상 필요치 않은 기반을 깔아주었습니다. 이제는 '근육'이 아니라, 상상력과 감성, 포용의 가치들이 더 중요해진 것이지요. 여성들이 사회에 진출하면서 당당하게 목소리를 내기 시작했습니다.

또 여성은 결혼과 양육이란 숭고한 의무를 다하기 위해 이루 말할 수 없는 대가를 지불합니다. 그 과정에서 우울, 짜증, 불안 같은 것이 언제든 생길 수 있습니다. 인간의 특수한 조건들을 잘 이해하면서 여성들이 능력을 펼칠 수 있는 사회 분위기를 조성해야 합니다. 너무 협소한 영역에서 성별 간 이해득실을 따지면, 서로가 아무런 도움이 안 됩니다. 여성들이 살기 좋은 곳이라면, 남성들도 살기 좋은 곳입니다. 그것이 자연의 이치입니다.

원자들에게 휴가를 줍시다

하루하루 사는 데 필요한 교훈을

새들로부터 배웠으며 앞으로도 계속 그러하리...

인간들은 여름의 정중한 부탁에 낡은 망포를 벗은 채, 여

름을 확신하며 조끼를 구입하네.

_「새」, 아리스토파네스

인간은 많은 것을 아는 듯해도, 실상은 아무것도 모르
는 존재입니다. 자연 깊숙한 곳에 데려다 놓으면 당황해서
어느 곳을 쳐다봐야 할지도 모릅니다. 자연의 뭇 생명들이
반기며 다가와도, 인사를 알아차리지 못하고 겁에 질려 내
쫓기 일쑤입니다. 말 못 하는 그들로서는 참으로 서운하고
답답한 노릇이죠.

도시에서는 술, 담배, 향락을 통해 행복의 엔도르핀을 인위적으로 주입합니다. 그런데 그 같은 일시적 행복감은 이내 사라집니다. 자연에서는 천상의 엔도르핀이 샘솟습니다. 상상력이 폭포수같이 샘솟기도 합니다. 철학자 루소는 『에밀』을 집필하면서 상당 부분을 프랑스 몽모랑시 정원에 빚지고 있다고 했습니다. "이 깊고 감미로운 고독 속에서 숲과 물에 둘러싸여 온갖 새들이 지저귀는 소리를 들으며 오렌지 꽃과 함께 쉼 없이 '에밀'을 썼다. 이 책의 생기발랄한 색채 상당 부분은 내가 글을 썼던 지방의 강렬한 인상에서 빌려왔다"고 했습니다.

우리 눈앞의 나무와 머리 위의 구름과 하늘을 느껴봅시다. 우리 발 옆에도 다양한 식물들이 은하수 별무리같이 줄지어 대화를 하려 합니다. 발아래 땅 밑은 어떤가요? 또 다른 우주가 펼쳐져 있습니다. 도심 아파트 정원에서도 미처 살피지 못한 신비한 현상들을 볼 수 있습니다. 단지 우리가 자연 요정들을 불러내지 않았을 뿐입니다.

느긋하게 자연을 걸으면서 구석구석 관찰하면 그 속에 깃든 요정들을 만날 수 있습니다. 그들과의 이야기는 거짓 대화가 아닌, 영혼과의 대화입니다. 사물에 정령이 들어 있다는 애니미즘을 믿는 원시부족들에게서 많은 신화와 이야기들이 솟아오르는 것도 그런 이유일 것입니다. 그들은 무생물도 생물로 여기며 다정하게, 신령스럽게 말을 건넵니다. 이러한 신앙심은 미개한 게 전혀 아닙니다. 우리 몸과 사물들을 구성하는 원자들이 그들과 같은 동료들임을 떠올리면 더 그렇습니다. 그래서 우리는 자연 속에서 편안하고 당당하며 스스로를 가장 잘 표현할 수 있습니다.

그런데 이제는 생명 없는 많은 것들이 이야기를 하지 않습니다. 심지어 생명체들도 말을 아낍니다. 생물까지 무생물로 취급하는 지금, 신애니미즘의 부활이 절실한 듯합니다. 자연은 그들 이야기를 들어주기를 바랍니다. 서로가 이야기를 나누는 것도 좋아합니다. 지쳐 있는 몸속 원자들은 자연 속 고향 친구들을 볼 수 있기를 간절히 원합니다. 태곳적 동료들과 수다도 떨면서 해방을 즐길 겁니다. 인생 계획표에 가능하면 자연과 함께 지내는 시간을 많이 넣기를 권합니다. 그것은 아이들에게도 두말할 필요 없이 유익합니다. 주말과 방학, 휴가 기간에 자연과 놀 수 있는 기회를 많이 주십시오.

우리 원자들에게 휴가를 주는 것은 원시적인 공감을 불러일으키는 좋은 조건이 됩니다. 태곳적 원자들끼리 서로 주고받는 유쾌한 기운은 상상력과 생성력을 안겨다 줄 것입

니다. 우리가 자연을 멀리할 뿐이지, 자연은 언제든지 우리
를 기다리고 있습니다.

인생은 충분히 깁니다

삶과 죽음에 대해 깊은 통찰을 남긴 로마 철학자 세네카는 이렇게 말했습니다. "과거를 쉽게 잊으며, 주어진 현재의 시간을 소홀히 하며, 미래의 시간을 두려워하는 자들의 인생은 짧으며 불안할 수밖에 없다." 우리는 매일 아침, 시간 계좌에 1천4백40분이란 시간을 받습니다. 이러한 사실을 명심하면 주어진 재산을 허투루 사용할 수 없습니다.

우리는 '시간이 흐른다'고 일반적으로 생각합니다. '시간이 흐른다'는 수평적 인식은 죽음과 연결됩니다. 그런데 고대 사회에서는 시간이 흐른다는 인식은 그다지 없었습니다. '시간의 신'인 크로노스(Chronos, 제우스 아버지)의 모습은 해시계를 들고 날개가 달린, 매우 활기찬 젊은이로 표현됩니다. '시간이 흐른다'는 의식은 중세에 접어들면서 뚜렷해집니다. 이때, 시간과 죽음이 결합했습니다. 16세기 후반 해

시계 그림 속에는 해골에 손을 얹고 비스듬히 누워 있는 갓난아기가 그려져 있습니다. 시간이 흐르면 죽음을 피하기 어렵다는 의미입니다. 이것이 우리가 일반적으로 믿는 '시간은 흐른다'라는 인식입니다.

이런 이유로 시간을 능동적으로 향유하지 못한 채, 늘 시간에 쫓기는 일상으로 바뀌었습니다. 시간을 제대로 활용하지 못할 경우, '시간을 때운다'란 말을 흔히 합니다. 그런데 이 표현은 영원의 시간(언젠가는 시간도 종말을 맞겠지요….)에 대한 모독 아닐까요? 오히려 '시간이 사람을 때운다'란 표현이 우주사적으로는 더 적절합니다.

우리가 시간을 적극적으로 인식하면, 주어진 시간을 훨씬 더 밀도 있게 늘릴 수도 있습니다. 저는 시간을 연장할 수 있는 방법을 다음과 같이 생각해봤습니다. 첫째 '수직적 시간' 늘리기, 둘째 공간 인식의 확대, 셋째 타인을 위한 사랑입니다.

첫째 '수직적 시간'이란 무엇일까요? '시간은 흐른다'와 같은 수평적인 개념이 아닌, 시간의 상하 개념에 주목합니다. 아래로는 과거 기억을 불러내며, 위로는 우주와 자연을 연결하는 시간대입니다. 주어진 시간의 밀도를 훨씬 더 두텁게 하는 것입니다. 시간 길이는 정해져 있어도 시간 깊이는 얼마든지 늘릴 수 있습니다. 깊이가 곧 새로움 아닐까요? '시간은 흐른다'란 수평적 인식에서는 비행기가 동쪽에서 서쪽으로 이동할 때같이 시차 트러블이 생길 수 있습니다. 우주 공상과학영화에서 타임머신으로 시간대를 이동하면 원인과 결과의 혼돈인 시차 트러블을 막기 위해 시간순찰대(time patrol)를 둡니다. 그런데 아래, 위 수직으로 지난 과거와 넓은 우주로 이동하면 남북으로 움직이는 비행기를 탄 것같이 시차 트러블이 전혀 생기지 않습니다. 오히려 평온해지며 영성을 가져다줍니다.

둘째, 공간에 대한 인식 폭을 늘리는 것입니다. 우리는 결과가 미래에 발생하므로 더 높은 확률을 기대하면서 시간의 수평성(시간의 화살은 쏜살같이 흐른다)에 의존합니다. 그런데 사건들의 결과는 오직 미래에서만 발생할까요? 우리가 인지하지 못하는 우주 아주 먼 현재의 공간에도 지금 바로 발생할 수 있습니다. 우리들의 미약한 감각이 그것을 인식하지 못할 뿐입니다. 양자물리학의 '양자 얽힘' 현상에 따르면, 수십억 km까지 멀리 떨어진 두 입자도 수수께끼같이 서로 연결돼 한쪽에 어떤 현상이 발생하면 다른 쪽에도 즉각 영향을 준다고 주장합니다. 우주 가장자리는 시간적으로는 아주 먼 거리여도, 공간적인 차원에서는 결국 현재 함께 있는 공간입니다. 시간과 공간을 따로 생각하기 어려운 이유이기도 합니다.

우주적 시공간에서는 살아 있는 사람이든, 먼저 떠난 사람이든 결국 같은 공간에 함께 있습니다. 먼저 떠난 사람을 그리워하는 노랫말 중에 "헤어짐은 단지 멀리 있는 것일 뿐…"이란 표현은 그래서 공감을 불러일으킵니다. 아인슈타인은 친한 친구가 먼저 죽자 "그가 한 발 앞서 이 신기한 곳을 떠났다. 그런데 그것은 아무 뜻 없는 일이다. 우리 물리학자들에게 과거와 현재 그리고 미래의 구분은 그저 완고하며 고집스러운 착각에 불과하다"라고 했습니다.

북극 근처 그린란드 원주민들은 시공간을 구분하지 않은 '시니크'란 독특한 개념을 사용합니다. 예를 들면 '1시니크'의 거리는 목적지에 도착하는 데 하룻밤을 잤다는 뜻입니다. '2시니크'는 이틀 밤이지요. 우주에서도 1광년은 시간 단위이자 공간 단위입니다. 1광년은 빛이 1년 동안 이동하는 거리인 9조 4천6백억km입니다. 이같이 시공간을 구분하지 않는 그들의 시간 개념은 우주적 원리와 호기롭게 닿아 있습니다.

셋째, 타인을 위한 사랑입니다. 이를 실행한다면, 그 사람은 시간을 밀도 있게 늘리는 것과 같습니다. 직접 뜬 목도리를 선물하는 것은 일일이 수작업을 하며 들인 시간을 선물하는 것입니다. 타인을 위한 삶을 사는 것도 자기의 소중한 시간을 타인에게 이식하는 것입니다. 누군가에게 장기를 이식하듯 내 시간을 타인에게 이식하면 주어진 시간의 밀도를 높일 수 있습니다. 봉사 활동을 하는 분들 대부분이 이런 깨달음을 가지고 있는 것은 아닐까요?

주어진 시간의 밀도를 높여 때로는 과거를 기억하며, 때로는 우주를 상상하며, 때로는 타인을 돕는 게 멋진 삶입니다. 그러면 인생을 더 밀도 있게, 더 길게 살 수 있습니다.

자연과학과 영적인 것

독서를 하면서 다양한 분야의 교양서적들과 함께 자연과학 서적들도 읽을 것을 권합니다. '융합의 시대'를 맞아 자연과학은 인문학, 철학, 종교 같은 분야와 긴밀히 연결돼 있습니다. 저는 자연과학 서적들의 과학적 진술을 바탕으로 우주의 신비와 영적인 것을 조금씩 알게 되었습니다.

양자물리학 대가인 폰 브라운은 "과학은 사후에도 영적인 존재가 계속 존재한다는 사실을 내게 가르쳐주었으며 지금까지도 그것을 깨닫게 해준다. 모든 것은 자취를 남긴다"라고 했습니다. 또 과학의 탐구로 시간과 연결에 대한 이해가 깊어졌습니다. 찰스 다윈, 에드윈 허블, 아인슈타인 같은 과학자들이 대표적으로 '시간과 연결'을 탐구했습니다. 우주적 시간에 대한 이해는 자연을 지켜야겠다는 책임감 역시 주었습니다.

우주 진화사는 최소한 1조 개 이상의 절묘한 물리 상수와 물리 법칙들로 인해 우리가 여기 있다는 것을 일러줍니다. 이러한 우연들이 연속으로 발생할 가능성이 있을까요? 시간 인식이 1차원에 그치는 우리로서는 그저 우연이 지배하는 것같이 느낄 뿐입니다. 하지만 결국 우연이란 말은 우리가 설명하고 해명하기가 곤혹스러울 때 붙이는 편리한 단어에 불과합니다. 중세 철학자 라이프니츠는 "왜 아무것도 없지 않고, 무언가가 있을까?" 하는 물음을 던졌습니다.

이제 현대물리학은 자연스럽게 영혼과 이데아를 논의합니다. 서양은 그리스 철학자들이 주장한 원자 개념을 2천 년 가깝게 잊고 지내다가 최근 다시 주목하기 시작했습니다. 원자를 포함한 입자들에 대한 과학적 사실을 바탕으로 생명의 주기, 자연의 유기적 연결성, 생명체들 관계성, 일원론적인 사상까지 밝혀내고 있습니다. 심지어 일부 양자물리학자들은 원자들이 우주에서 어떻게 움직이느냐에 의해 한 사람의 방향과 운명이 결정된다고 주장합니다.

불교와 동양사상의 정수도 과학적으로 계속 밝혀지고 있습니다. 서로가 배타적이었던 종교 간 거리는 차츰 좁혀지고 있습니다. 아인슈타인도 "내 관심사는 이런저런 자연현상을 규명하는 데 있지 않으며, 신의 생각을 알아내는 것이다"라고 했습니다. 쥘 베른, 루이스 캐럴, 제임스 조이스, 조앤 롤링같이 과학과 신화, 판타지를 연결해 큰 명성을 남긴 작가들은 과학이 발달한 영국 작가들입니다.

우주와 자연, 생명에 대해 관심을 가지면서 학교 수업 때 지긋지긋했던 자연과학 과목들이 흥미로운 분야란 것을 알게 되었습니다. 자연과학적 지식을 근거로 우주와 생명의 기원, 영적인 것, 신의 존재를 탐구했습니다. 하늘로 '붕' 날아다니며 물 위를 걷는 게 기적이 아니라, 우리가 땅에 서 있는 게 바로 기적이란 말의 의미도 깨달았습니다. 물리학은 힘을, 화학은 물질을, 생물학은 생명을 다룸으로써 우주 이치를 밝히고 있습니다.

그런데 학교에서 배웠던 생물, 지리학, 화학, 물리 과목들은 저에게 왜 그렇게 지루했을까요? 입시를 앞두고 "여기 이런 사실들이 있다. 외워!"라고 명령하는 암기 과목들에 불과했습니다. 이렇게 가르칠 수밖에 없었던 선생님들도 얼마만큼 마음이 답답했을까요? 아주 작은 한 톨의 씨앗이 기적 같은 꽃을 피운다는 사실을, 새들이 지저귀는 노랫소리를 그때는 제대로 느끼지 못했습니다. 가슴으로 조응하지 못한 채, 인간의 언어인 명사형으로써 대상화했던 것입니다. 그것도 '암기'라는 예의 없고 인정머리 없는 행동으로 말이죠. 총체적으로 느끼지 못한 채, 우리 느낌과 감성 대부분이 수백 년에 걸친 인공적 언어에 의해 지배를 당했습니다. 철학자 발터 벤야민의 표현을 빌리면, 동물원과 TV, 사이버공간에서 '복제시대의 자연'을 접하니 씁쓸할 뿐입니다.

최근의 기후 재앙은 '자연 복지'와 '인간 복지'는 긴밀하게 연결돼 있다는 것을 알려줍니다. 우리는 자연에서 비로소 숨을 쉴 수 있습니다. 그런데도 한국에서 생태 교육과 우주 교육은 거의 이뤄지지 않고 있습니다. 최근 한 조사에 따르면, 학생들에게 기업 상표 20개와 지역의 흔한 생물 20종을 주었더니 상표 이름은 대부분 맞혔는데, 생물 이름은 한 개도 알지 못한 경우가 대부분이었다고 합니다.

우주와 자연에 관한 이해가 쉽지는 않습니다. 그러니 틈틈이 자연과학 책들을 꾸준히 탐독해야 합니다. 요즘에는 관련 다큐멘터리들도 쉽게 볼 수 있습니다. 그러면 "우리가 왜 여기 있는지"에 대한 물음이 계속 이어집니다. 궁금함이 증폭되면 관련된 책들이 책상 위에서 여러분들을 기다리고 있을 것입니다. "어느 하나를 이해하는 것은 또 다른 것을 발견하는 것"이라는 말은 일리가 있습니다.

계절이 바뀔 무렵의 식물과 나무는 경외감이 들 정도입니다. 하지만 관심을 가지지 않으면 그런 감정이 생기지 않습니다. 많은 사람이 대수롭지 않게 여기는 식물이란 종족의 역사는 무려 약 4억 4천만 년 전에 시작되었습니다. 또 꽃을 피우는 개화식물의 역사는 1억 4천만 년 전쯤의 일입니다. 겨우 20만 년 정도의 역사를 지닌 현생인류 호모사피엔스와 비교하면 그야말로 대선배들입니다. 그들은 자연의 대선배로서 인간들을 꾸짖기도 하고 달래기도 합니다. 이렇듯 무심히 스쳤던 주위 생명들에 대해 조금이라도 공부하면 놀라운 사실들을 발견할 수 있습니다.

자연과학 서적을 통해서도 삶의 기원과 영성을 깨우칠 수 있습니다. 관련 지식을 더 많이 알게 되면 자연에 대한 경외심이 더 깊어지는 것을 발견할 수 있습니다. '왜 사는가?', '어떻게 살아야 하는가?' 같은 물음들이 이어집니다. 과학적 사실을 바탕으로 깨우치니 더 믿음이 생깁니다. 영적이고 풍부한 삶을 살기를 원한다면, 과학과 친해져야 할 필요가 있습니다. 우주와 자연에 대한 지식을 바탕으로 폭넓고 깊이 있게 인생을 사색할 것을 권합니다.

가을 낙엽, '두 번째 꽃'

지난봄, 가장 화려했던 순간에 미련을 두지 않고 존재로부터 사뿐히 멀어졌던 벚꽃. 그 벚나무들의 연연한 잎사귀들은 이제 울긋불긋한 단풍으로 바뀌어 지난 기억들을 쏟아냅니다. 낙엽수는 살아오면서 마음속에 새겨진 열정과 기쁨, 아픔의 기억들을 제각각 표현하고 있는 듯합니다. 미련을 두지 않고 떠나는 것이 아름다운 일임을 일러주는 듯, 가지 사이사이로 표정들이 밝습니다. 예쁜 원색으로 신비롭게 물드는 단풍은 지난날의 사랑과 시련들이 켜켜이 쌓인 결과물입니다.

식물과 나무는 햇빛과 물과 이산화탄소로 영양분을 만들어서 뿌리와 줄기, 잎을 생성합니다. 이런 신비한 현상을 '광합성'이라는 딱딱한 용어로 이름 붙였습니다. 어떤 최첨단 기술로도 이런 교묘한 장치를 생산하는 것은 불가능하다고 합니다. 꽃과 잎사귀들은 열매를 맺고, 씨를 퍼뜨린 후 자기 사명을 다하고는 쇠락합니다. 자연의 이 같은 신비한 현상이 바로 단풍이며 낙엽입니다. 외계인이 지구를 볼 때 가장 신기한 생명체는 다양한 표정을 짓고 있는 식물들일 것이라고 합니다. 먼 외계 행성이 아니라, 우리가 살고 있는 지구에 가장 신비한 생물이 살고 있습니다. 식물이 없다면, 인간과 지구상 수많은 생명체는 존재할 수 없습니다. 이렇게 식물은 인간 요구를 아무런 대가 없이 들어주는 불가사의한 친구들입니다.

붉게 물든 구름 사이로 저녁노을에 비친 낙엽수를 봅니다. 낙엽과 노을은 자연의 섭리에 따라서 자기 역할을 다하면 떠나야 한다는 진리를 가르쳐줍니다. 노을은 낮이 내려와 단순하게 사라지는 게 아닙니다. 노을은 인생 무대에서 내려와 새로운 출발을 하는 나그네 여정을 밝게 밝혀줍니다. '노을 지다'와 '동이 튼다'라는 말은 결국 같은 뜻임을 노을에 비친 낙엽수는 가르쳐줍니다.

이렇듯 낙엽은 새로운 생명과 희망을 잉태하는 성숙한 꽃입니다. 흔히 낙엽을 가리켜 '두 번째 꽃'이라고 합니다. 그런데 삶과 죽음의 오묘한 이치를 깨우치게 하는 낙엽이야말로 '첫 번째 꽃'인지도 모릅니다. 자연의 돌고 도는 '회귀'

를 생각하면 '첫 번째', '두 번째' 하며 순서 짓고 구분 짓는 것도 아무런 가치가 없는 행위일 수 있습니다. 한 잎 두 잎 살랑거리며 내려오는 낙엽에서 절망이 아닌, 새로운 삶의 희망을 갖게 되는 것은 무슨 이유일까요. 이 땅에서 더 열심히 살아야겠다는 다짐을 하게 되는 이유는 무엇일까요. 자연은 험난한 이 땅에서 살고 있는, 살아야 하는 이유를 가르쳐줍니다.

가을에 잎사귀들을 떨군 후, 겨울에는 무소유를 실천하는 나무 곁에 서봅니다. 나무는 다가올 봄에 대한 희망을 확신에 찬 어조로 우리에게 속삭입니다. 무척 어려운 시기입니다. 가끔 고개를 들어 나무, 구름, 하늘을 올려다볼 때, 우리의 삶은 훨씬 풍요로워질 것입니다.

인간과 나무 혈액형은 같습니다

　우리 몸속 원자들 대부분은 식물에서 왔다고 합니다. 자연과 함께 있을 때 편안함을 느끼는 것도 그런 이유입니다. 우리는 자연 속에서 편안하게 숨 쉴 수 있고 즐겁게 놀 수 있습니다. 우리가 친구들을 내쫓지 않듯이, 자연은 언제든지 우리를 반겨줍니다. 기쁠 경우에도 함께하며 슬플 경우에는 묘약을 줍니다. 날씨 좋은 날, 바람을 온몸으로 느끼며 걷는 '바람 명상'도 좋습니다. 때로는 지긋하게 눈을 감은 채로 걸으면서 바람이 전하는 숨결도 느껴봅니다.

　자연과 함께 있으면 이기심과 경쟁심이 사라지는 것을 느낄 수 있을 것입니다. 산에 오를 때, 내가 아무리 힘들어도 더 어려운 처지의 동료를 도와주려는 것과 같은 경험입니다. 자연의 경쟁은 오직 생존을 위해서이지, 더 많은 것을 가지려 경쟁하지 않습니다. 장미는 다른 장미와 비교하는 법이 없습니다. 현재 순간이 가장 행복할 뿐입니다. 자연 공동체 축제에도 언제든지 우리를 기꺼이 초대합니다. 축제가 열리면 장기 자랑을 매혹적으로 펼칩니다. 그때는 우리 재능을 마음껏 뽐내도 좋습니다.

저의 경험상, 자연과 함께 지내겠다는 생각을 한다면 지금 바로 준비하는 게 좋습니다. 단순히 자연을 동경하는 것은 올바른 준비가 아닙니다. 물질적인 준비 외에도 자연 공부와 체험을 적극적으로 하는 게 중요합니다. 식물 꽃잎에는 '넥타 가이드'라는 게 있습니다. 특정 식물이 오직 꿀벌을 위해 꽃대 깊숙한 곳에 꿀을 숨겨 놓았다는 표시입니다. 여기가 '비행기 비즈니스석'이라는 표시를 아는 벌은 혜택을 온전히 받습니다. 그런데 단지 아는 데 그쳐서는 원하는 꿀을 얻을 수 없습니다. 벌은 공중곡예와 요가 동작 같은 묘기로 그 지점까지 날렵하게 움직여야 합니다. 자연 공부와 체험이 둘 다 필요하다는 의미입니다. 자연의 신비한 현상을 탐구하기 위해서는 그런 지점을 잘 파악할 필요가 있습니다. 어부가 물고기 출현 지점을 잘 알아야 시간과 연료를 낭비하지 않듯이 말입니다. 그것은 체험과 독서, 사색을 통해 가능합니다.

저 역시 단출한 시골 오두막집을 준비하고 있습니다. 자연과 떨어진 외톨이 전자가 아닌, 자연과 합치는 원자가 되는 꿈을 꾸고 있습니다. 그 속에서 타인이 원하는 게 아닌, 자연이 원하는 일을 하고 싶습니다. 자연의 존재자들과 함께 즐겁게 지내는 그런 시공간을 꿈꿉니다. 자연을 착취하며 살았으면서도, 반성에는 인색했던 저에게 물질의 곤궁함이란 회초리를 주려고도 합니다. 어설프게 준비했다간 자연으로부터 호된 야단을 맞을지도 모르기에 물질적, 내면적으로 함께 준비하고 있습니다.

　어떻게 하면 자연과 친해질까요? 우선 주위에서 흔히 볼 수 있는 동식물 이름을 외었다가 다음에 다시 만나면 그 이름을 불러주십시오. 서로가 오래전부터 알고 지냈다는 듯이, 여러분을 반갑게 맞아줄 것입니다. 친구에게 말을 걸듯이, 자연과 대화를 주고받는 것도 좋은 방법입니다. 그 이야기들을 일기장과 메모지에 적어놓으십시오. 서로 조응 단계를 거치면 수줍음을 타기도 하고 쾌활한 친구가 되기도 합니다. 자연도 예의를 갖추고 감사할 준비가 돼 있는 사람에게 아름다움을 발견하게 해줍니다. 지금은 자연에 관심이 없다가도 어느 순간에 본능적으로 끌리는 경우도 있습니다. 그것은 여러분이 자연에 관심이 없는 게 아니라, 경쟁사회가 자연에 관심이 없어서입니다.

꼭 시골에 살지 않아도, 도시에서도 인간 사회와 멀리 떨어진 곳은 의외로 많습니다. 아이들 노는 소리, 개 짖는 소리, 왁자지껄한 풍경들이 함께 엉켜 있는 도시의 자연은 또 다른 맛을 주기도 합니다. 야생의 삶이란 어떤 정신적 태도가 아닐까요. 멋진 전원주택에 살아도 전혀 야생적이지 않은 사람이 있는가 하면, 도시 한가운데서도 야생적인 사람은 있습니다. 몇몇 전원주택들은 너무 시설들이 잘 갖추어져 자연인지, 도시인지 구분하기가 어렵습니다. 냉난방이 완벽하고 냉장고엔 음식이 가득하며, 바닥 뚫린 것 같이 배수관과 쓰레기통을 사용합니다. 자연의 생명체들이 겪는 물리적인 제약은 체험하기 어렵습니다. 야생성과는 거리가 있습니다.

자연에 관한 공부는 인생 공부이기도 합니다. "나는 누구인가? 거기 누구 없소?" 같은 물음들이 계속 이어질 것입니다. 또 생명체들이 서로 분리할 수 없는 관계망 속에 얽혀 있다는 사실도 깨닫게 됩니다.

이렇듯 자연과 함께 있는 것은 단순한 여가거리가 아닙니다. 우주를 느끼며 인생을 적극적으로 살고 있다는 의미입니다. 자연은 탄생과 기쁨, 좌절, 죽음의 섭리를 자연스럽게 깨우칠 수 있는 곳입니다. 죽음은 두려움의 대상이 아닌,

또 다른 차원의 생명이란 진리도 발견합니다. 그런 이치를 깨우치면, 회오리바람같이 훅 치고 들어오는 불안과 걱정으로부터 인생을 평온하게 지킬 수 있습니다. 이것 이상으로 믿음직한 저축은 없습니다. 물질적 재산보다는 정신적 재산을 축적하는 게 노후를 대비하는 지혜가 아닐까요.

자연에는 독특한 개성이 곳곳에 스며들어 있습니다. 진화에 따른 자연선택으로 혹독한 시험을 거쳐 성공한 것들은 지금까지 살아남았습니다. 인간으로 치면 성공한 사람쯤에 해당합니다. 한 예로 가방과 옷, 신발에 이르기까지 다양한 용도로 쓰이는 '찍찍이(벨크로)'는 몇몇 식물들이 씨앗을 먼 곳으로 뿌리기 위해 동물 털에 잘 들러붙게 한 장치에서 착안했습니다. 동식물의 놀라운 능력을 이용한 바이오산업 성공 사례는 넘칩니다. 이렇듯 자연은 늘 자신감이 넘치며 여유로움, 자비, 행복으로 가득 차 있습니다. 겨우내 얼어붙었던 뿌리에서 움트는 새싹을 관찰하면, 새로운 세상에 대한 두려움 없이 자신감으로 가득 차 있습니다.

철학자 루소, 비트겐슈타인, 하이데거에서부터 시인 워즈워스에 이르기까지 모두 자연 속에 지내면서 불멸의 사유와 작품을 탄생시켰습니다. 많은 위대한 철학자, 과학자, 예술가들은 정원 가꾸는 것을 즐겼습니다. 그 사례들을 일일이 열거하기가 어려울 정도입니다. 지구촌 최대 음악 스트리밍 서비스 사이트인 '스포티파이'를 설립한 다니엘 에크도 구글 입사에 실패한 후, 도시에서 흥청망청 지내다가 숲속 오두막집에서 지내기로 결심했다고 합니다. 그는 숲의 기운을 받아 음원광고와 팟캐스트 사업을 펼치면서 크게 성공한 경영인입니다. 그들은 자연이 선물하는 꽃다발을 받은 자들입니다.

여건이 허락되면 1년에 한 그루 이상의 나무 심기를 권합니다. 인간이 지구 에너지를 계속 축내고 있는 데 대한 반성이기도 합니다. 또한 나무는 여러분은 물론 가족 및 친족들의 몸속 원자들을 공유할 가능성이 큽니다. 나무 혈액형과 인간 혈액형이 같다는 사실도 실험을 통해 발견했습니다. 뭔가 추억해야 한다면, 나무 이상으로 더 좋은 친구는 없을 것입니다. 신혼부부가 묘목을 들고 입장하는 '묘목 결혼식'도 의미 있습니다.

나무 그늘 아래에 둘러앉아 즐겁게 놀기도 하며, 줄기를 껴안고 숨결을 느껴봅시다. 나무와 여러분의 원자들이 서로가 반갑게 악수하고 있음을, 우리의 숨결이 우주의 호흡과 맞닿아 있음을 느낄 수 있습니다. 우주학자 섀플리가 "우리의 다음 차례 호흡은 이전과 이후를 통틀어 내뱉은 한숨, 큰

목소리, 비명, 기쁨의 함성, 기도들을 시음하는 것과 같다"라
고 한 말은 의미가 있습니다. 자연과 친구하면, 인생에 분명
유익한 자산이 될 것입니다.

죽음에 관한 단상

젊은 시절엔 간혹 죽음을 생각하면, 컴컴한 어둠이 먼저 느껴졌습니다. 스스로를 의식하지 못하는 '절대적인 무'의 상태가 두려웠습니다. 자아를 느끼지 못하는 상태는 절망의 공포 그 자체였습니다. 가능하면 죽음 자체를 생각하지 않으려던 기억들이 떠오릅니다. 그런데 나이가 들면서 생각은 차츰 바뀌었습니다. 자연과 우주에 관해 조금씩 깨달으면서 죽음을 자연스럽게 받아들이게 됐습니다. 또한 죽음의 두려움에 떨게 하는 자아와 의식이란 게 때로는 허구임을 알았습니다.

여러분에게 군이 죽음을 말하는 이유는 여러분도 언젠가는 죽어서입니다. 인간의 몸속 세포는 대략 20대 중반 전후로 노화가 진행된다고 합니다. 여러분들이 죽음에 의연하게 대처할 때, 오히려 삶을 더 적극적으로 살 수가 있다는 믿음으로 이 글을 씁니다. 허무를 긍정적으로 해석하면, 열정의 다른 이름입니다. 또 인생 굽이굽이에서 불현듯 스치는 죽음의 두려움에서 벗어날 수도 있습니다.

'인위적인 너무 인위적인 삶'을 사는 현대인들은 죽음에 대해서 막연한 거부감을 가집니다. '기술이 마술'같이 발전한 현대 사회에서 인간은 거친 야생의 자연에서 멀어지면서 죽음을 부자연스럽게 받아들입니다. 인위적 시계도 끊임없이 '지금'을 고정시키며, '지금'이 영원히 존재하는 양 착각하게 합니다. 의외로 죽음의 순간에 편안함을 느끼는 사람이 많다고 합니다. 어느 실험에서 모의 죽음을 실행한 결과, 참가자들은 "사람과 사물들이 서로 연결돼 있으며 전부가 함께 있다는 느낌을 받았다"고 합니다. 그 느낌은 온전한 기쁨과 행복이었습니다.

진화생물학에 따르면, 유전자는 몸속 세포들에게 끊임없이 목적의식을 주입시켜 긴장을 유지하게 합니다. 자칫 정신 줄을 놓으면 원자들이 원래의 무생물 상태로 돌아설지 모르는 상황을 막기 위해서입니다. 인간 몸에 구속된 원자들은 생명이 죽음으로써 자유를, 해방을, 귀향의 즐거움을 느낍니다. 원자적 관점에서 죽음은 자유며 해방이며 기쁨일 수 있습니다. 그런데 여기서 한 가지. 무대를 떠날 때를 기다리지 않은 채 스스로 삶을 재촉하는 것은 자연의 이치에 맞지 않습니다. 거짓 자아에 속는 것이기도 합니다. 몸속 원자들은 당황해 혼돈의 상태로 접어들 수 있습니다.

동식물들을 스스로 삶을 재촉하는 법 없이 적당한 때를 기다리며 죽음을 자연스레 받아들입니다. 하루살이는 강둑 근처에서 3년을 지낸 후 장엄한 하루살이 비행을 합니다. 유년 시절을 강물 바닥에서 행복하게 지내다가 가장 성숙한 시기에 혼인비행을 합니다. 그러다가 하루, 이틀 정도 후에는 생을 끝냅니다. 매미 역시 땅속에서 7년을 지낸 후 짝짓기를 한 후 죽습니다. 연어도 자기가 태어난 곳으로 돌아와 알을 낳은 후 생과 이별합니다. 멋진 곳이, 멋진 순간이 당연히 기다리고 있다는 듯이 죽음에 초월합니다.

자연의 생멸을 관찰하면 죽음의 두려움은 거짓 자아(유전자)가 꾸며낸 허구라는 사실을 확인합니다. 한 진화생물학자는 "우리가 잘 안다고 여기는 내면의 '나'는 어쩌면 존재하지 않는다. 그것은 마음이 생성한 허상으로, 목적을 달성하는 뇌를 생성하기 위해 선택된 유전자 작품이다"라고 했습니다. 진화론자 이야기와 불교 무아(無我)사상은 어찌 이렇게도 유사할까요. 우리에게 자아(정체성)가 없는데도 자아를 잃는다는 두려움을 느끼는 것은 모순 아닐까요? 죽은 후 몸에서 해방된 원자들은 자연으로 복귀해 또 다른 연결과 생성을 낳습니다.

죽음 이후의 적막한 상태도 두려워할 게 못 됩니다. 우주의 원초적인 상태는 어둠이었습니다. 우주 빅뱅 전에는 암흑 그 자체였을 것입니다. 우주 이전에는 물질도, 빛도, 시공간도 없는 어둠과 적막 아니었을까요? 현재도 대기권을 벗어나면 온통 어둡습니다. 현재의 하늘을 지배하는 색은 검정색입니다. 한낮에도 별이 있듯이, 밝은 대낮 너머는 어둠이 지배합니다. 어쩌면 어둠이 우리에게는 더 친근한 단어인지도 모릅니다.

우리 몸속 세포는 1년에 대략 98%가 대체된다고 합니다. 사실 우리는 매일 죽고 있습니다. 긴 우주 역사에서 어쩌면 삶이 특별한 형태며 죽음이 오히려 자연스러운 현상 아닐까요? 죽음을 두려워하지 않고 긍정적으로 생각하면, 더 적극적으로 삶을 살 수 있습니다. 포근한 담요를 마음에 두른 듯이 평온해집니다. 지구 자기장이 무서운 태양풍과 우주방사선을 끌어 모아서 극지방 주위로 날려버리듯이 말이죠. 그 현상이 바로 장엄한 오로라입니다.

죽음은 다음 단계를 위한 사건에 불과합니다. 새로운 탄생은 끝남이 있어야 가능합니다. 우리는 여기가 전부인 양 지상에 뿌리내렸다고 착각하는데, 우주적 차원에서의 인간은 '아직 심기는 중'이라는 말이 와 닿습니다. 이미 지상에서 영원의 삶이 시작하고 있다는 것을 알면, 삶의 활력이 됩니다. 이삿짐을 쌀 때가 되었는데도 미련이 남아 꾸물거릴 필요가 없습니다. 축구 경기에서 주심이 종료 휘슬을 불었는데도 경기장을 떠나지 않고 항의하는 선수들은 대개 경기장에서 열심히 뛰지 않은 선수들입니다. 설령 패배했다고 해도 그 경기가 전부가 아닙니다. 앞으로 많은 경기들이 남아 있습니다. 한 경기에 집착하며 한숨짓는 것은 다음 경기에 지장을 주는 어리석은 생각입니다.

죽음은 단절이 아니란 것을 깨우칩니다. 단절이 없는데도 스스로가 삶을 단절하려는 것은 잘못된 인식입니다. 죽음이란 표현도 잘못된 것은 아닐까요? 단지 목숨을 잃는 것이지, 생명을 잃는 것은 아닙니다. 여기서 생명은 참 생명을 뜻합니다. 원자들이 원래의 자유로운 상태로 복귀하는 현상일 뿐입니다. 그래서 '죽는다'가 아닌, '떠난다'가 적절하다는 생각을 해봅니다. 아니면 '합쳐진다', '복귀한다', '참 생명을 얻는다'는 어떨까요.

화이트 엘크는 "그대가 태어났을 때 그대는 울고 세상은 기뻐했다. 그대가 죽을 때는 그대는 웃고 세상이 울 수

있는 삶을 살아야 한다"고 했습니다. 삶과 죽음의 의미를 성
찰하면 인생이란 무대에서 소품을 반납할 때 "아차…" 하는
일은 없을 것입니다.

아름다운 노인들

나와 함께 늙어가자!
가장 좋을 때는 아직 오지 않았다
인생의 후반, 그것을 위해
인생의 앞부분이 존재하나니.

_시인, 로버트 브라우닝

지난 휴일 늦은 오후, 가을을 닮은 걸음걸이로 느릿하게 산으로 발걸음을 움직이고 있었습니다. 순한 풍경에 마음을 놓고 있을 즈음, 갑자기 숲속 작은 덤불 사이로 작은 새들이 화들짝 놀라며 관목 숲으로 미끄러지듯 날아갔습니다. 덤불이 마른 잎사귀들을 내려놓고 작은 새들의 날갯짓까지도 열어주는 이때, 휑한 회색빛 겨울이 눈앞에 있음을 본능적으로 알게 됩니다.

봄이면 새싹을 열고 꽃을 피우다가 여름이면 열정적인 잎사귀를 내고, 가을에 열매를 맺고 결국에는 모든 것을 놓아버리는 나무입니다. 그 비어져서 가득한 모습에서 숭고한 아름다움을 느낍니다. 가을의 깊은 뜻은 이렇게 쓸쓸하지만 숭고합니다. '철'이 들대로 든 자연은 철이 바뀔 때에 욕심 부리지 않으며 제 있을 자리를 압니다.

우리 인간사는 어떤가요. 늙는 것에 좌절하며 젊음으로 다시 거슬러 오르려는 '철모르는' 인간들이 있습니다. 최근 '동안(童顔)'이 남녀노소 가리지 않고 미의 기준이 돼버린 것을 어떻게 해석해야 할까요. 인위적으로 젊어지기 위해 주름을 없애는 보톡스 시술이 크게 유행합니다. 10대들 유행가 한두 곡쯤 부르고 걸그룹 웨이브를 조금이라도 흉내 내려고 안달복달하는 세태 역시 쓸쓸합니다. 60~70대 노인들이 20대 '몸짱' 연예인들의 젊음을 따라가기 위해서 기를 쓰는 '겉젊은 늙음'이 왠지 서글프게 느껴집니다.

늙지 않고 오래 살겠다는 욕망은 철모르고 일찍 피었다가 찬 겨울바람에 떨어지는 목련과 닮았습니다. 인위적 '동안'은 가짜보다 더 가짜같이 보입니다. 또 '나이 들었다'라는 말은 들을 수 있어도, '늙었다'라고 하면 언짢아합니다.

"어떻게 그렇게 곱게 늙으셨어요?"라는 칭찬 말조차도 듣기를 힘들어 하는 것 같습니다. 정치인, 재벌 같은 사회적 지위가 높은 사람은 아무리 나이가 들어도 노인이라고 부르지 않습니다. 노인이란 단어는 사회 계급 용어가 된 지 오래입니다.

대중매체들은 '젊은 오빠들'을 칭송하며 앵글을 맞춥니다. 젊음은 괜찮고, 늙음을 혐오하는 분위기는 자본주의 상품 유통 구조와 한 패를 이뤄 멈출 줄을 모릅니다. 이쯤 되면 시몬 보부아르가 "삶과 대립시켜야 하는 것은 죽음이 아니라 노년이다"라는 말에 어느 정도 공감할 수 있습니다.

이런 사회적 분위기는 청년들로 하여금 늙음과 노인을 부정적으로 생각하게 하며 소외시킬 수도 있습니다. 그런데 늙음은 과연 비생산적이며 불량품인가요? 그렇지 않습니다. 우리 인생 굽이굽이에는 거기에 걸맞은 아름다움이 있습니다. 악기 주름들이 아름다운 소리를 발산하듯이, 주름 골골이 인생의 깊은 자취와 내공들이 켜켜이 쌓여 있습니다. '오동은 천년 늙어도 항상 가락을 지닌다(桐千年老恒藏曲)'라고 하지 않았던가요. 나이가 들면서 오히려 총명해지고 집중력이 더 생긴다는 분들도 많이 봤습니다.

현재로 오기 위한 과정으로 과거를 생각하는 경향은 늙

음을 부정적으로 생각하게 합니다. 그런데 의식주, 심지어 말하고 생각하는 것조차도 선배들에 기대지 않는 것이 과연 있을까요. '사회'라는 간단한 단어에 숨어 있는 수많은 선배들의 노력을 잊고 지내서는 안 될 일입니다. 생명의 진화사에서도 선배 세포들이 수많은 시련을 이겨낸 덕분에 기적 같은 생명 현상을 수행하고 있습니다. 현재 세포가 그 업적을 기억하지 못한다면, 인체는 극도의 혼란에 젖어 듭니다. 생명 현상은 과거의 작동 원리를 기억함으로써 유지되는 것이니까요.

아무것도 벌어놓은 것, 이룬 것 없다고 해도 노인은 거저 되는 게 아닙니다. 할머니, 할아버지의 지혜와 경험이 인류 수명을 늘렸다는 '할머니 가설'이 있습니다. 원시시대 수명이 대략 20~35세에 불과했던 인류가 장수하게 된 이유는 연장자들의 지혜 덕분이라는 이론입니다. 후손들에게 해야 할 것들과 가려야 할 것들을 전수하면서 생존율이 높아졌다는 것이죠.

청춘 세대와 노인 세대들은 오히려 더 잘 소통할 수 있습니다. 청춘은 냉혹한 현실에서 아직 때가 덜 긴 상태며, 노인은 현실로부터 적당한 거리를 두고 있어서이죠. "아들이 잊고자 하는 일을 손자는 기억하려 한다"는 말은 그래서 있는 듯합니다.

우리 사회가 너무 연령집단별로 분리돼 있습니다. 세대 간 단절은 노년의 지혜와 청춘의 활력이 상생할 수 있는 기회를 아예 차단할 수 있습니다. 한쪽에서는 양로원과 노인 시설, 다른 한쪽에서는 유치원과 아이 돌봄 기관, 또 다른 한쪽에서는 학교까지도 생일별로 엄격히 분리해놓았습니다. 온라인, 오프라인 가릴 것 없이 오직 그들 세대끼리 대화합니다. 현재 한국 사회에서 진행되는 자기 복제적인 '세대 간 무성 생식' 현상이 우려스럽습니다. 아버지와 노인들의 경험과 지혜가 제대로 전달되지 않는 것이지요. 외국에는 청년과 노년 세대를 공간적으로 함께 연결하는 작업들을 활발히 시도하고 있습니다. 각 세대를 심리적, 공간적으로 연결시키는 작업, 우리 사회가 시급히 해야 할 일입니다.

그날 저녁, 돌아오면서 서녘에 지는 해를 만났습니다. 우리가 늙음에 대해서 자유로우면, 찬란한 눈부심을 인류에게 선사한 '아름다운 노인들'이 의외로 많다는 사실을 발견합니다.

따뜻한 애정의 추를 단 저울

언제부터인가 폐지 줍는 리어카 할머니와 할아버지들을 거리에서 흔히 볼 수 있습니다. 늙은 주인이 버틸 수 있는 힘의 한계를 넘어버린 리어카는 느리고 아슬아슬하게 거리 위에서 움직입니다. 신경질적인 자동차 경적 소리에도 할머니와 할아버지는 묵묵부답입니다. 흡사 세상의 원망을 리어카에 한가득 싣고 가는 듯합니다. 힘에 부쳐 가며 며칠 동안 모은 박스를 한 리어카 채워 팔아봐야 어느 정도 쳐줄까요?

대한민국 사회 복지제도의 취약한 장면을 목격하는 것도 이제 일상적인 풍경이 됐습니다. 한 집 건너 고깃집이며, 한 집 건너 국숫집이며, 한 집 건너 커피숍이며, 한 집 건너 편의점입니다. 물론 요리와 커피, 소매업에 자긍심을 갖고 즐겁게 영업하는 경우도 많습니다. 그런데 또 다른 한편에서는 국가가 생존권을 지켜주지 못해 혼자 돈 버는 방법을 어쩔 수 없이 선택한 분들도 많이 있습니다. 지구촌 10대 경제대국이 꼭 이렇게 살아야 할까요?

영국에서 전철을 오르내릴 때 항상 듣는 안내 방송이 있었습니다. 그 방송 멘트는 '마인드 갭!(Mind Gap!)'이었습니다. 전철의 '벌어진 틈새를 주의하세요'란 뜻의 이 말은 저에게는 '계층 간 틈새에 주의하자'란 말로 들렸습니다. 가진 자와 못 가진 자, 사회적 강자와 약자들 간 틈새를 메워주는 게 국가가 해야 할 역할입니다.

삶에 지친 노인들이 '속도의 거리'에 나서서 버거운 일을 감당해야 하는 현실입니다. 젊은 세대들은 그 모습에서 미래에 대한 과도한 불안감을 가지게 됩니다. '내 노년은 내가 책임져야 한다'라는 강박에 늘 긴장된 일상을 살아야 합니다. 학비를 위해 온갖 아르바이트를 하다 본업인 공부까지도 결국 못 하는 현실입니다. 발칙한 상상력으로 우주를 휘젓고 다녀도 모자랄 시간인데, 정해진 '파이' 안에서 경쟁할 수밖에 없는 여러분에게 미안할 뿐입니다.

존 러스킨의 저서 『나중에 온 이 사람에게도』는 노동력 가치만 차갑게 저울질하는 세상에 이의제기를 합니다. 오전부터 일한 사람과 오후부터 일한 사람에게 주인이 똑같이 품삯을 나누어줍니다. 그래서 먼저 온 사람이 나중에 와서 별로 일하지 않은 사람에게도 왜 똑같은 품삯을 주느냐고 따지자, '나중에 온 이 사람에게 너와 같이 주는 것이 내 뜻'이라고 주인은 단호히 말합니다. 이 이야기는 성경의 구절을 인용한 것입니다. 러스킨은 '나중에 온 사람'에게도 똑같은 일당을 줄 수 있는 사회를 이상향으로 봤습니다.

'나중에 일한 사람'과 '일찍 와서 일한 사람'과의 대우가 어떻게 똑같을 수 있을까요? 그런데 '나중에 온 사람'은 일자리를 구하지 못해 발을 구르다가 늦게 온 사람으로, 사회적 약자의 다른 이름입니다. 청년들도 지상에 '나중에 온 사람'이기는 매한가지입니다.

러스킨은 '애정의 경제학'을 주장하면서 '애정'을 신비한 힘으로 판단했습니다. 기득권층 독식을 무효화시키는 강력한 힘, 즉 '애정'의 경제 정책을 펼치면 사회적 약자에게도 몫이 돌아온다는 것입니다. 그는 국가 제조업 가운데 아름다운 인간을 만들어내는 게 결국에는 가장 수지맞는 사업이라는 충고도 잊지 않았습니다.

가족 부양에 인생을 다 바치고 쇠약해진 노인들에게 사회는 어떤 방식이로든 배려해줘야 합니다. 노인들을 보면 대왕참나무 잎사귀가 생각납니다. 가을바람에 후루룩 떨어지는 다른 나뭇잎과는 달리, 대왕참나무 잎사귀들은 추운 겨울에도 고집 피우며 가지에 매달려 있습니다. 처음에는 삶에 집착하는 모습이 측은하게 느껴졌는데, 최근 다른 생각이 들었습니다. 매서운 추위에도 붙어 있는 이유는 이제 막 올라오기 시작하는 새순들을 담요같이 덮어주기 위해서가 아닐까요. 그게 바로 부모 마음이며 노인들 마음 아닌가요? 세대 간 마찰은 있을 수 없습니다. 그것은 냉혹한 인조 사회의 허상일 뿐이죠.

우리 사회가 엄동설한 속에서 겨울을 지내는 사회적 약자들의 고달픔에 깊은 관심을 가져야 합니다. 냉혹한 '차가운 저울질'을 내려놓고, 따뜻한 '애정'이란 추를 저울에 달아야 할 때입니다.

지난 기억들 간직하기

오늘날 무성한 풀밭에 비치는 햇살 속에서 우리가 누리는
기쁨은 아득한 옛날의 햇살과 풀밭에 대한 기억이 없었다
면, 삶에 지쳐버린 영혼의 희미한 인식 정도에 그칠 것이다.
_T. S. 엘리엇

새해를 맞이하면 뭔가 대단한 계획을 세워야 한다는 강
박 관념이 지배합니다. 또 더 좋은 미래를 위해 과거를 빨리
잊어버려야 하는 애물단지같이 취급하기도 합니다. 순식간
에 기억들을 '고물'로 해놓고서는, 새로운 것에 대한 기대를
끊임없이 반복합니다. 게다가 여기를 떠난 자들을 기억하며
추모하는 것을 쓸데없는 일로 여기기도 합니다.
과거를 부정하며 미래를 채근하는 사회 분위기입니다.

진보를 외쳐대면서 급속도로 성장한 산업사회에서 나타나는 부작용들도 너무 많습니다. 그런 심각한 현상들을 보면 과거로 조금씩 후퇴하는 역행적인 진보도 괜찮겠다는 생각을 합니다.

과거는 온전히 자기 것입니다. 편안하며 전혀 낯설지 않은 상태로 우리에게 속삭입니다. 누가 빼앗지도 않는데 귀중한 재산을 스스로 내팽개칠 이유가 있을까요? 한 원시부족 사회에서는 죽은 사람을 기억하는 한, 그 사람은 여전히 살아 있는 것으로 믿습니다. 요한도 "우리는 형제를 사랑한다. 그러므로 죽음에서 생명으로 떠난 것을 알고 있다. 사랑하지 않는 자는 죽음 속에 머물러 있다"고 했습니다. 이렇듯 기억은 죽은 사람이든, 산 사람이든 참 생명을 연장시켜줍니다. 우리가 제사를 지내며 추모행사를 갖는 것도 그 같은 이유겠죠.

기억을 못 하는 것은 그 시간 동안 존재하지 않았던 것과 같습니다. 사막을 걷는 낙타가 저장해둔 물같이, 과거의 아름다운 기억들을 간직하면 길고 긴 건기를 잘 견뎌낼 수 있습니다. 낙타가 음식을 되새김질하듯이, 어느 누구의 방해를 받지 않고 언제든지 꺼내 볼 수 있는 소중한 자산이기도 합니다. 여러분들도 과거 추억들이 담긴 일기장과 사진

첩을 꺼내 보고는 슬며시 웃음 짓고 위로받은 경험이 있을 것입니다.

좋은 삶을 살았는지 판단하는 기준은 그 사람이 살아 있는 동안 실천한 사랑의 무게에 달려 있습니다. 사랑의 무게를 늘리려면 사랑을 현재 실천함과 동시에 지난날 사랑이 증발하지 않게 지키는 것 또한 중요합니다. 신비로운 색깔의 단풍과 노을은 열심히 살았고 열심히 사랑했던 기억들의 증표가 아닐까요? 설령, 지난날 베풀지 못한 사랑이 있다면 더 높은 차원의 사랑으로 이끌기 위해 노력해야 합니다. 인생이란 무대를 떠난 후 지난 기억들은 서로가 간섭 현상을 일으켜 유토피아로의 복귀 여행을 안전하게 도와주는 확률을 높여줍니다.

우리는 우주 빅뱅 이후 137억 년 동안의 과거를 너무 모릅니다. 많이 살아봤자 겨우 1백 년 살까 말까 한 인간이 불과 1백 년 후의 미래를 예측한다고 우쭐대는 것은 어리석은 일입니다. 저는 미래학자들의 이야기를 그다지 좋아하지도 않고 신뢰하지도 않습니다. 미래의 일은 미래의 주인공들인 여러분이 적어야 할 이야기입니다. 현재가 미래를 정의하는 것은 우주적 시간대에서는 참으로 우스운 꼴 아닐까요. 우주 137억 년 역사 속, 티끌 같은 현재로부터 아주 가까운 지점을 미래 이야기로 포장하고 있는 것은 아닌지요? 우주적 스케일을 떠올리면 미래학자들이 동료와도 같은 청년층과 별로 소통하지 않는 것은 의아한 일입니다.

시간이 흘러서 과거는 사라진 것일까요? 그렇지 않습니다. 과거가 오히려 하늘을 지배하고 있음을 알려주는 신기한 우주 현상을 매일 볼 수 있습니다. 현재의 태양은 8일 전, 화성은 20일 전 모습입니다. 태양과 화성이 사멸했다면 우리는 8일 후, 20일 후에야 그 사실을 알 수 있습니다. 아주 청정한 지역에서 가끔 육안으로도 관찰할 수 있는 안드로메다은하의 일부 별들은 240만 년 전의 별빛입니다. 그러니까 현재의 안드로메다은하 별빛은 현생 인류인 호모사피엔스 훨씬 이전, 태초 인류 조상들이 살았던 당시의 은하별 모습입니다. 지금 밤하늘에서 밝게 웃고 있는 별은 실은 오래전에 죽은 별일 수도 있습니다. 지구에서 멀리 떨어져 있어 아직까지 별빛이 도착하지 않아 볼 수 없는 별들도 무수히 많이 있습니다. 여기에다가 우리는 반사되는 빛으로 사물을 인식합니다. 따라서 우리가 늘 대하는 사물들, 거울에 비친 자기 모습은 실제로는 미세한 과거 모습들입니다. 그래서 여러분이 한 번 본 것은 다시는 나타나지 않습니다. 그 정도로 순간이 중요하다는 의미입니다.

어두운 밤하늘을 관찰하면 어쩐지 우주선, 우주여행, 미지의 별 같은 먼 미래가 연상됩니다. 그런데 먼 우주 공간을 본다는 것은, 먼 과거를 본다는 것입니다. 아주 오랜 137억 년 전 태곳적 모습에서 원시적 공간 감각을 빛으로 느낀다는 것, 참으로 신기한 일 아닌가요.

이렇듯 과거는 늘 우리와 함께 있습니다. 인간에게 보이는 모든 것은 한때 존재했음을 일러주는 자취입니다. 엄격히 말하면 현재는 과거입니다. 그런데 그 현재는 과거에 머물러 있지 않습니다. 앞으로 다가올 많은 가능성을 품고 있는 것이지요. 미래를 꿈꾸는 동시에 과거를 온전히 잘 지키는 것도 중요합니다. 사랑을 실천하면서 지난 기억들을 잘 간직하는 것은 인생을 훨씬 더 풍부하게 해줍니다.

낙제생

　이런 생각을 가끔 해봅니다. 천국은 영원한 기쁨과 행복이 넘쳐흐르는 곳입니다. 그런데 기쁨과 행복이 끝없이 계속되면 뭔가 허전하고 지루할 수도 있습니다. 그런 곳은 달리 말해 기쁨과 행복이 없는 것과도 같습니다. 그래서 조물주는 천국의 인간들에게 아픔과 슬픔을 대리 체험할 수 있는 교육 장소가 필요하다는 것을 어느 날 깨닫습니다. 여러 곳을 물색한 다음, 우주 가장자리에 있는 한 외딴 작은 행성을 주목합니다. 아픔과 슬픔, 죽음을 대리 체험하는 곳으로 제격입니다. 조물주는 천국의 인간들을 그곳으로 파견하기 전, 지난 기억들은 모조리 잊게 하는 전략을 세웁니다. 게다가 그 행성에서의 아픈 경험을 더 뼈저리게 체험하기 위해 거짓 자아와 육체를 함께 불어넣는다는 말도 들었습니다. 물론 대리 체험 행성에서도 기쁨과 행복은 느낄 수 있습니다. 그런데 그 감정들은 슬픔과 불행을 더 또렷하게 느끼기 위한 장치로 입력시켜 놓았습니다. 그곳은 지구입니다.

이제야 지구의 수많은 인간들이 왜 슬픔의 골짜기를 헤매고 있는지 알 듯합니다. 기쁨과 행복 사이에 슬픔이 조금씩 있는 게 아닌, 아픔과 불안 사이에 덜 불행한 날들이 있는 이유도 깨달았습니다. 지구에서의 슬픔은 누구든 겪어야 하는 의무이자 숙제니까요. 천국의 누군가가 인생이란 무대의 시사회를 보여 주었다면 사양했을 텐데 말이죠. 원래 있던 천국으로 복귀하는 여정과도 같은 죽음의 참의미를 이해하지 못하는 사람은 다양한 형태로 분노와 스트레스를 표출합니다.

지구 위탁교육 기간 동안 좋은 성적으로 조기졸업을 하는 친구들도 있습니다. 조기졸업자들은 천국으로 복귀하면 우주 에너지를 절약한 공로로 더 좋은 위치에 오를 것입니다. 지구에서의 귀중한 체험은 그곳에서 두고두고 회자됩니다. "조물주는 사랑하는 사람을 먼저 부른다"란 말이 틀리지 않는 듯합니다. 하늘에서 지상으로 내려온 천사외교관들은 엄격한 심사와 평가를 거친 다음에 조기졸업자들을 선발합니다. 조기졸업자들은 천국의 높은 단계에 우뚝 서서 지상 인간들에게 충고와 위로를 해주는 게 때로는 느껴집니다. 이렇듯 지난 추억들은 관념이 아니라 생생한 현실로 다가옵니다. 또 체험기간 동안 조물주의 뜻과 자연의 섭리에 순응하면서 성실히 사는 자들이 있는가 하면, 성적 불량으로 결국 더 많은 슬픔을 겪고 에너지를 축내는 인간들 역시 있습니다. 그들은 죽음이란 게 위탁교육 기간을 끝내는 것이란 사실을 알지 못합니다.

지구로 위탁교육을 떠나기 전, 우주교육청은 '지구에서의 삶을 위한 안내'란 교양과목들을 배우게 합니다. 필수과목들은 성장기 개론, 결혼 총론, 아동 양육학, 기계 사용방법론, 사회소통학 같은 것들입니다. 또 한 사람을 지구에 파견하는 데 따른 에너지 소비로 인해 다른 별들의 에너지가 줄어든다는 사실을 미리 교육시킵니다. 그래서 파견 기간 동안 많은 것을 체험하면서 공부를 열심히 해야 한다는 것도 주지시킵니다.

그 당시에도 한눈팔면서 교양 필수과목들을 제대로 공부하지 않은 인간들도 있습니다. 그런 인간들은 대체적으로 지구에서도 성적이 시원치 않습니다. 기계 공구와 전기제품 하나도 못 다루며, 못질 한 번 제대로 못 합니다. 차츰 성장하면서 배우고 깨달을 기회들이 주위에 많았음에도 건성건성 흘려버립니다. 또 나이가 들어서도 무대를 멋지게 떠날 준비가 제대로 안 돼 있습니다.

불필요한 에너지와 옷, 음식을 과소비하며 다른 생명체들에게 피해를 주기도 합니다. 흔히 지상을 떠날 때 '그동안 사용했던 소품을 반납하며 떠난다'라는 말을 합니다. 그들은 인생이란 무대에서 너무 많은 소품을 사용하고 수다스러운 연기를 펼쳤던 것은 아닌지요. 지상에 파견된 의미를 깨닫지 못한 채, 오답투성이 답을 던지기도 합니다.

가끔씩은 우주교육청에서 날아온 천사감독관들로부터 학점 미달 경고를 받습니다. 그런데 그 경고를 애써 외면하며 거짓 자아의 꾐에 속아 계속 갈팡질팡합니다. 지상에 오는 것을 '소풍'이란 그럴싸한 명칭으로 포장해 스스로를 속이기도 합니다. 그들은 성적 미달자이자 낙제생들입니다. 시간이 흘러 늘그막에서야 낙제생이란 사실을 깨닫습니다. 젊었을 때 더 일찍 위탁 교육의 의미를 깨닫지 못하고 많은 사랑을 베풀지 못한 것을 후회합니다. 파견 기간 동안 더 사랑하는 삶을 살지 못한 것도 안타깝게 여깁니다.

그런 인간들도 언젠가는 원래 있던 곳으로 복귀하겠지요. 우주교육청은 성적 미달자들에게 재교육을 시켜 지구에 다시 파견합니다. 그런 기회가 찾아오면 정신 바짝 차리며 새로운 각오를 다지겠습니다. 과거 실수를 타산지석으로 삼아, 우주교육청이 실시하는 '교양 필수과목'들을 열심히 공부하겠습니다. 지구로 다시 온다면, 그동안 무심히 스쳤던 풍경들에 마법같이 끌리겠지요. 과거에 미처 깨우치지 못했던 것들이 완전히 새로운 의미로 다가오겠죠. 한 번 왔던 곳이어서 더 친밀할 것입니다. 전혀 두렵지 않을 것이며 정다운 인간들을 다시 만난다는 기대로 가슴도 설렐 겁니다.

그런데 약간의 우려도 있습니다. "태양 빛을 반사해 희미하게 비치고 있어 조금 떨어져도 어느 곳에 있는지 완전히 놓쳐버린다"는 표현대로, 지구에 제대로 도착할 수 있을까 하는 것입니다. 하긴, 그것은 조물주 몫이겠지요.

지구에 다시 온다면, 똑같은 인연들을 다시 볼 수 있기를 간절히 기도합니다. 그들에게 못다 한 사랑을 베풀겠습니다. 그들이 좋아하는 것, 싫어하는 것, 성격과 희망 사항들까지 이미 잘 알고 있으니 더 잘 할 수 있습니다. 이전에 우주 시간표를 깨닫지 못해 사랑을 한쪽으로 밀쳐놓았다면, 앞으로는 사랑을 구체적으로 실행할 수 있겠지요. 타인을 위한 사랑을 베풀면서 멋진 삶을 살겠습니다. 가장 먼 곳이 아닌, 가장 위대한 지점에서 여기를 떠난 조기졸업자들이 그렇게 했던 것같이 말이죠.

설령 영화 〈캐스트 어웨이〉의 쓸쓸한 이야기가 펼쳐진

다고 해도 받아들이겠습니다. 비행기 추락으로 무인도에서 겨우 살아 돌아온 어느 택배회사 직원이 그전에 매우 소중히 여겼던 연인, 윌슨 배구공과 천사 날개 달린 택배상자의 주인을 놓쳐 버리면서도 삶의 오묘한 이치를 깨달았듯이 말이죠. 그들의 소식을 알며 느낄 수 있다는 것 자체로도 감사할 일 아닌가요? 낙제생은 더 많이 사랑하며, 더 많이 책임지며, 더 많이 베풀며, 더 많이 공부할 것을 약속합니다.

맺음말

Why not? Just Do It!

이 책을 쓰면서 가시에 찔린 사람에게 "아프다고 생각하지 말라"고 하는 것은 아닌가 하는 생각이 들 때가 있었습니다. 그런데 여러분들의 마음이 아픈 것은 멋진 미래 계획을 가지고 있어서일 것입니다. 아무런 꿈이 없는 사람에게는 아픔과 실패도 없습니다. 따라서 부정적 상태에서 어서 벗어나 당찬 계획을 용기 있게 펼치기를 기원하는 심정으로 이 글을 쭉 썼습니다. 행복은 머릿속에서 굴리는 관념이 아니라, 실제 경험이어서 그렇습니다.

영국 유학 시절 제 가슴에 간직한 글귀 'Cheer Up!(힘내세요!)'이 떠오릅니다. 영국 대학 입학허가서를 간절히 기다리던 어느 날, 지도교수로부터 받은 한 통의 메일 위에 얹힌 진한 글씨체 제목이었습니다. 그 구절은 쉽지 않았던 유학 기간 동안 부적같이 붙어 다니며 큰 힘이 되어주었습니다.

가끔씩은 스스로를 찬양하며 'Cheer Up!' 해주십시오.

2022년 월드컵 포르투갈전을 기억하죠? 당시 황인범 선수가 TV프로그램에서 했던 인터뷰입니다. "손흥민 선수가 앞으로 치고 달리는 순간, 어서 달려 손 선수를 받쳐줘야 한다는 마음이 꿀떡 같았는데 몸이 따르지 않았습니다. 그런데 어느 순간 갑자기 나타난 황희찬 선수가 역전골을 성공시켜 16강에 진출했습니다. 신기하게도 황희찬 선수가 골 세리머니를 할 때는 너무 기뻐 속사포같이 달려 그 순간을 함께 즐겼습니다." 이 말의 의미는 좋아하는 일을 하면 저절로 에너지가 솟구친다는 것입니다. 목표를 향해 꾸준히 노력하면 우주는 여러분 가슴에 별표를 달아줄 것입니다.

'억지로 비틀어 딴 참외는 달지 않다'란 말이 있듯이, 하기 싫은 일을 억지로 하는 것은 자연 이치에 어긋납니다. "하고 싶은 것, 즐거운 일을 해"란 말을 수없이 들어왔어도, 저는 그 말의 의미를 인생 늘그막에서야 받아들였습니다. 일 자체는 인생을 풍요롭게 해줍니다. 자기가 좋아하는 일로 밥벌이까지 할 수 있다면 금상첨화이지요. 자기가 즐기는 분야는 은퇴 없이 언제든지 할 수 있는 직업입니다. 또 내가 좋아서 하는 일이 하고 난 후, 남에게도 이로우면 더 좋겠지요. 직장 생활도 즐기면서 할 수 있습니다. 봉급을 받으러 직장에 다니는 게 아닌, 스스로가 주인공이 되는 직장 생활을 즐겼으면 합니다.

여행도 가급적 많이 다니기를 바랍니다. 조물주는 인간들에게 세상과 사물들을 여행할 수 있는 특권을 주었습니다. 해외여행의 경우, 가능하면 단순한 관광이 아닌, 일정 기간 현지에서 직접 살아볼 것을 추천합니다. 영국에서 2년 동안 취재와 공부를 하며 제 삶에 대한 관점이 크게 바뀌었습니다. 시야가 넓어지면 다양한 곳에서 들어오는 외부 자극들을 손쉽게 발견할 수 있습니다. 그것들은 여러분들에게 절호의 기회로 이어지기도 합니다. 더 넓은 곳에서는 찬양할 대상들도 많이 있습니다. 여행하면서 잠깐 느낀 깨달음은 그 어떤 독서 이상으로 훌륭한 자산이 됩니다. 많은 것을 경험한 후, 내가 진정으로 하고 싶은 목표를 정해도 늦지 않습니다.

별 하나가 탄생하기 위해서는 자체 중력이 묵직해야 합니다. 더 강한 주위 에너지가 낚아채기 전에 자체 질량을 충분히 갖추어 놓아야 별은 탄생합니다. 여러분의 생각과 공부, 경험, 인생 이야기가 묵직하면 어떤 경우에도 휘둘리지 않습니다. '획' 소용돌이를 치며 솟아오르면서 언젠가는 별의 탄생을 경험할 것입니다. 원자 한 개의 크기는 1조 분의

1mm로 매우 작습니다. 빅뱅 이후 원자보다 훨씬 작았던 우주가 오늘날의 광활한 우주로 발전했다는 것을 상상하기 어렵습니다. 시간을 허투루 낭비하지 않고 차근차근 내면의 밀도를 높일 때, 어느 순간 여러분은 찬란한 별이 되어 있을 것입니다. 우주는 절대 여러분을 배신하지 않습니다.

자연의 들숨과 날숨이 저와 여러분들을 탄생시켰습니다. 호흡을 한다는 것 자체가 기적 같은 일이며 영적입니다. 여러분은 그 기적을 매일 수행하고 있습니다. 기적은 멀리 있는 게 아닙니다. 여러분이 바로 기적입니다. 또한 기적같이 우호적인 자연의 도움으로 여러분들의 생명은 유지됩니다. 가끔씩은 호흡을 할 때 우주와 연결돼 있다는 느낌으로 하면 어떨까요? 살짝 스치는 바람결에도 존재 자체를 찬양하면 더 의미 있게 살 수 있습니다. 여러분들의 인생에 행복과 축복이 가득하기를 기원합니다.

어떤 수소 여행기

저는 누구일까요. 사람들은 저를 수소라 부릅니다. 가끔 나이를 물으면 "한 137억 살쯤 됐을 거요" 합니다. 137억 년 전, 빅뱅이 일어난 안개 자욱한 날에 탄생했으니까요. 정확하게는 빅뱅이 발생하고 3분쯤 흐른 후에 태어났으니 저의 출생일은 137억 년 전 새벽 0시 3분입니다. 일부에서 장난삼아 저를 두고 "태초에 빛이 있었나니…"가 아닌, "태초에 수소가 있었나니…"로 부를 정도로 저의 존재감은 막강하답니다. 또 지구를 먹여 살리는 태양 에너지 대부분이 저를 이용한 핵융합 반응에 의존하니, 제가 없었다면 지구 생명체는 아예 존재하지 않았겠죠. 우리우주 조물주는 태초에 에너지 상태였던 저를 원자란 입자로 물질화시켰습니다. 그후 지구에 생명을 잉태하란 칙령을 내렸습니다.

정체를 도저히 알 수 없는 빅뱅이 일어난 후 약 89억 년이 흐른 후였는가요? 그동안 우주는 확장을 계속 거듭했습니다. 우주 폭풍우에 실려 오르락내리락 요동치는 경험을 수차례 반복했습니다. 롤러코스터를 타듯이, 저의 존재가 갑자기 치솟더니 어느샌가 다시 잠잠해졌습니다.

어느 날, 어떤 인연이 저를 데려왔는지는 몰라도 에너지와 활기가 넘쳐흐르는 젊은 별, 태양 근처에 도착했습니다. 여태껏 경험하지 못한 밝은 햇살에 마음이 들뜨면서도 정체 모를 불안이 생겼습니다. 젊은 에너지를 주체하지 못하는 태양은 흡사 거인이 거친 숨을 내쉬듯이, 어느 순간에 갑자기 저를 내뿜었습니다.

우주의 강한 중력과 자기장에 휩쓸리기를 거듭하다가 어느 낯선 행성에 도착했습니다. 두렵지는 않았지만 납치된 듯한 기분이 들었습니다. 그 행성은 우주에서 티끌 같은 존재인 지구였습니다. 그동안 정처 없이 떠돌아다녔어도 다 운명으로 여겼던 저의 일대기는 여기서 극적으로 바뀌었습니다.

혼란스러웠던 마음을 추스르며 이제 지구에 정착하기로 결심했습니다. 그때가 지금으로부터 약 40억 년 전이었습니다. 처음 도착했을 때는 생명 잉태를 위한 준비가 아무것도 갖추어져 있지 않았습니다. 그다지 할 일도 없었습니다. 그 당시 지구는 매우 거칠었습니다. 땅속 깊숙한 곳으로 몸을 피해 오랫동안 지냈습니다. 그러다가 화산 폭발이 계속 이어지면서 밖으로 뿜어져 나온 수증기에 실려 바깥세상을 구경할 수 있었습니다. 잠시 동안 구름 속에 머물면서 최초의 비가 되어 내렸습니다. 비를 반기는 대지의 기쁜 함성은 저에게 퍽 인상적이었습니다. 지구가 차츰 식으면서 푸른 바다와 하늘도 열렸습니다.

바깥으로 나와서 대기를 이리저리 떠돌아다니며 지구 구경을 다녔습니다. 지구 바람은 우주 먼지 폭풍과는 다르게, 매우 유순하며 다정한 존재였습니다. 그의 머리에, 어깨에 걸터앉아도 전혀 짜증내는 법이 없었습니다. 약하고 강한 차이는 있을지언정, 바람은 아낌없이 자리를 내주었고 승객들도 차별하지 않았습니다. 흡사 돌고 도는 케이블카를 타듯이, 원할 때 언제든지 무임승차를 했습니다. 아낌없이 내어주는 그 포용력에 놀랐습니다. 바람은 때로는 폭풍우로 바뀌어 바다와 땅을 거세게 몰아쳤습니다. 그 덕분에 바다에 갇혀 있던 동료들이 위로 날아올랐습니다. 오랜만에 그들을 볼 수 있어 정말 기뻤습니다.

그로부터 5억 년 정도 흐른 후, 지구 생명체에서 먼저 활동하던 아주 먼 손자뻘 원자들을 만났습니다. 저는 그때까지도 생명체에 아직 발을 들여놓지 않고 자유롭게 허공을 날아다녔습니다. 손자뻘 원자들은 긴장한 듯 바쁘게 움직였습니다. 여태껏 제가 경험하지 못했던 뚜렷한 목적의식을 가진 듯했습니다. 그들끼리 모여 이런저런 화학적 실험을 하는 것도 목격했습니다. 실험에 실패하면 과감하게 그 시스템을 버리기도 했습니다. 친구들은 지구에 와서 어떤 시스템에 갇혀 절대 포기하지 않는 법을 배운 것 같았습니다. 이전에는 정처 없이 떠돌면서 자유롭게 살았던 친구들이었는데 말이죠.

다양한 실험을 거쳐 원자들이 모여 분자가 되고, 분자들은 다시 자기조직화 과정을 거쳤습니다. 그로부터 오랜 후 그 친구들은 생명이라고 부를 수 있는 미생물들을 탄생시켰습니다. 누가 주도적으로 이러한 탐구를 하는지는 몰랐습니다. 어떻든 "지구에서의 삶이란 이렇게 바쁘게 움직여야 생존이 가능한 것"이란 사실을 깨달았습니다. 갑자기 두려움이 엄습했습니다. 그런데 이미 지구에 온 이상, 우리우주 조물주 뜻이라 여기며 대열에 열심히 참가하기로 마음을 추스르며 각오를 세웠습니다.

대기가 어느 정도 갖춰지면서 우주선과 자외선을 차단하기 시작하자 생명의 씨앗들이 여기저기서 꿈틀거렸습니다. 차츰 시간이 흐르면서 아주 작은 미생물에서 진핵생물로, 급기야 인류 진화가 이뤄졌습니다. 혼란의 카오스(chaos)에서 진화의 코스모스(cosmos)로 이동한 것입니다.

그 후에도 한참 동안 바람에 실려 지구를 정처 없이 여행했습니다. 시간이 제법 흘러 미동도 하지 않는 어떤 암석 안으로 들어왔습니다. 비와 바람에 끊임없이 패이고 또 패였습니다. 경이로운 자연의 세공술 덕분에 다시 바깥으로 나올 수 있었습니다.

잠시 머뭇거리던 어느 날, 우주의 먼 후손인 산소가 저에게 다가오더니 뜬금없는 제의를 했습니다. 자기와 힘을 합쳐 특급 대우로 지구 곳곳을 돌아다닐 수 있는 '황제 여행'을 해보자고요. 갑갑했던 저는 계약에 서명하고는 오지랖 넓은 산소의 건장한 두 어깨 위에 걸터앉아 여행을 떠났습니다. 산소와의 즐거운 동행 덕택에 생명체의 모태인 물이란 화학분자를 탄생시킨 것은 자긍심으로 남아 있습니다.

물은 매우 열정적이면서도 겸손의 미덕까지 갖춰 어떤 물질이든 그를 반겼습니다. 이를 화학 용어로는 용해라고 합니다. 어떤 때는 하늘과 대적할 듯이 의기양양하게, 어떤 때는 바닥에 배를 납작하게 깔며 겸손했습니다. 물은 많은 생명들을 어르고 달래서 심장을 뛰게 하며 허파가 숨을 쉬게 하는 원동력이었습니다. 지구에서 물이란 존재는 액체, 기체, 고체로도 요술을 부려 우주에서도 아주 특별한 형태입니다. 고체 얼음은 액체 상태인 물에 비해 밀도가 더 낮아 물 위에 뜨는 묘기까지도 부립니다. 겨울 재킷 같은 얼음막 덕분에 물속 생명체들은 추운 겨울을 이겨 낼 수 있지요. 물은 생명 활동의 본질적인 존재여서 세포 영양분과 산소를 운반합니다. 지구 생명체에 없어서는 안 될 분자 대열에 참가한 과정은 이렇게 특별한 경험으로 남아 있습니다. 산소가 제안한 황제 여행도 거짓말이 아니었습니다. 끊임없이 움직이는 물에 실려 하늘과 땅은 물론, 바다 안에서도 조류와 지각판에 휩쓸리며 이리저리 여행을 다녔습니다.

그러다가 생명체 대폭발기인 5억 5천만 년 전쯤 육지로 올라와서 신기한 생명체에 들어왔습니다. 그것은 이끼였습니다. 이끼는 지금껏 경험해본 무생물과는 차원이 다른 생명체였습니다. 이끼는 물과 이산화탄소를 채집한 후 태양빛을 끌어 모아 에너지를 생성했습니다. 이 과정에서 약삭빠른 산소 대부분은 대기 중으로 도망을 쳐버렸습니다. 인간과 동물들은 탈출한 산소 덕택에 숨을 쉴 수가 있습니다. 정말 신기하죠? 그 과정을 인간들은 광합성이라고 불렀습니다. 이렇게 신비한 현상을 광합성이란 딱딱한 과학 용어로 부르는 것은 이해하기가 어려웠습니다. 단순한 화학적 결합이 아니라, 깊은 우주적 영성까지도 느낄 수 있는 현상인데 말이죠. 우주가 긴밀하게 연결된다는 것을 단적으로 나타내는 것이기도 합니다.

　30억 년 전쯤에 지구에 나타난 이끼는 절대 조바심을 내는 법이 없었습니다. 주위 여건이 척박하면 함께 동거하는 미생물과 오랫동안 죽은 듯이 지내기도 했습니다. 저도 죽은 듯이 지냈습니다. 지금 생각하면, 그 당시는 삶과 죽음에 대한 경계도 없었고 아무런 집착도 없었습니다. 때로는 살기도 하며, 때로는 죽기도 했으니까요. 지상의 양자물리학자들이 이야기하는 '양자 중첩 상태'가 이런 것 아닐까요? 삶과 죽음이 함께 있다는 것을 그때 깨달았습니다. 집착으로 생기는 불안과 근심이 없으니 충분히 행복했습니다. 죽는 게 무엇인지도 모르는 작은 행복을 실컷 누렸던, 저의 첫 생명체에 관한 좋은 기억이었습니다. 이끼는 생멸의 철학을 온몸으로 직접 가르쳐주었습니다. 그 후로는 삶에 자신감이 붙었습니다.

이끼 친족인 지의류(地衣類)는 '땅에 옷을 입히는 존재'란 뜻의 예쁜 이름을 가지고 있습니다. 이끼와 지의류는 물과 공기와 바람과 힘을 합쳐 암석을 생명으로 바꿔주는 자연의 요술사입니다. 화학적 결합에 불과한 암석을 생명의 터전인 흙으로 바꾸어주니까요. 또 지의류 광합성 덕분에 산소 기반 생명체들이 육지에서 맘껏 숨 쉴 수도 있습니다. 때로는 이름 그대로 대지를 포근하게 덮어주는 담요 역할도 해서 폭풍우를 유순하게 다루는 놀라운 재능도 갖고 있습니다.

이쯤 되면 가히 신의 손입니다. 이들은 사물과 생명체의 생성자로서, 조력자로서, 그리고 집사로서 지금까지도 맹활약하고 있습니다. 이끼와 지의류가 신비스럽게 덮여 있는 계곡과 산속, 동굴은 인간들에게 판타지를 선물합니다. 그런데도 잘난 척하지도 않으며 아무런 대가도 원하지 않습니다. 인간들이 가끔 '위대한 정신' 운운하는데, 이끼와 지의류의 영혼에 비할 바는 못 되는 것 같습니다. 그 깊은 침묵은 저에게 선각자 같은 느낌으로 다가왔습니다. 이끼와의 동거에 관한 기억은 지금까지도 마음을 촉촉하게 적십니다.

오랜 시간이 다시 흘렀습니다. 또 다른 신비한 생명체에 정착했습니다. 그는 단풍나무였습니다. 저는 더 부지런해졌으며 더 일사불란해졌습니다. 더 뚜렷한 목적도 생겼습니다. 사실 나무는 지구를 지배하는 종족이라고 해도 틀린 말이 아닙니다. 지구에 있는 3조 그루 정도의 나무는 다른 식물과 함께 지구 전체 질량의 99.5%를 차지하니까 말이죠. 먼 우주에서 지구를 관찰하면, 지구의 지배 종족은 나무라고 분명히 말할지 모릅니다.

나무는 이끼같이 전혀 움직이지 않아서 조금은 답답했습니다. 그래도 인간들이 식탁 아래서 발 인사를 하듯이, 나무들은 뿌리로 서로 발을 부비는 특이한 인사를 합니다. 그러던 늦가을 어느 날, 저는 프로펠러같이 생긴 씨앗에 실려 바람을 타고 먼 곳으로 이동했습니다. 하늘로의 여행은 늘 설레는 순간입니다. 단풍나무는 매우 치밀했습니다. 1년 전에 비행기 표를 미리 예약해놓은 듯, 때가 오면 바람을 탈 수 있는 탑승권을 어린 씨앗들에게 나눠주었습니다. 씨앗들은 가슴 설레면서 오직 이 순간을 기다립니다. 단풍 씨앗은 날아오를 때 작용하는 중력에 대비해 스스로를 가볍게 하는 다이어트 운동도 합니다. 또 씨앗을 받치는 잎사귀들은 바람을 불러들이기 위해 갈기 같은 틈을 벌려주는 협동 작업도 합니다. 이제 바람 비행기가 도착했습니다. 팡파르가 울려 퍼지면서 미리 와 있던 대지는 멀리서 날아온 어린 씨앗들을 부드럽게 껴안았습니다. 제가 태어나서 처음으로 사랑받는 느낌이었습니다. 바람 역시 자연이 펼치는 사랑의 향연에 무척 우호적이었습니다. 자연의 존재자들은 이윤을 남기는 법 없이 모든 게 무료입니다. 상대가 원하면 언제든지 아낌없이 주었습니다. 이쯤 되면 천국이 따로 없습니다. 저는 이 향연에 참가하며 비로소 단풍나무의 아들딸이 되었습니다. 이러한 과정들은 묵언 수행하듯이 아주 조용히 진행되었습니다. 평온하면서 오래 사는 식물적 삶이 바로 이런 것 아닐까요.

또다시 겨울이 찾아왔습니다. 단풍나무는 저와 친구들을 불러놓고는 계절에 맞는 예의를 갖추라는 교육을 시켰습니다. 봄, 여름, 가을 동안 지구 에너지를 소비했으니, 겨울에는 에너지를 최소한으로 쓸 것을 지시했습니다. 또 다른 생명체에 피해를 줄 수 있는 생명 활동을 줄이고 가능하면 침묵할 것도 부탁했습니다. 우리는 거의 죽은 듯이 지내며 긴 겨울 시간을 버텼습니다. 나무의 삶은 경건과 수행, 침묵 그 자체였습니다.

단풍나무는 원래 곤충이 씨앗을 매개하는 종족이었다고 합니다. 그런데 여러 가지 실험을 거친 끝에 바람에 실려 씨앗을 멀리 뿌리는 자유로운 삶을 택했습니다. 그 과정에서 많은 시행착오를 겪었을 것입니다. 더 많은 땀을 흘리며 더 열정적으로 노동했습니다. 그 지난한 과정을 떠벌리지도 않았습니다. 굳이 말하지 않아도 아름다운 단풍들은 그 자체로 찬란한 기억들을 알려주니까요. 단풍은 지난날 펼쳤던 열정과 사랑의 결정체였던 것입니다.

오랜 시간이 흘러, 지구의 지배적 종족인 인간 몸 안으로 들어왔습니다. 제가 불법이민자인 양, 입국 절차가 매우 까다로웠던 것으로 기억합니다. 우주에서 건너왔으니 이주자이긴 한데, 인간에 도움을 주러 온 우주 칙사란 사실은 잘 모르는 것 같아 서운했습니다. 이미 인간 몸에 정착해 있던 태곳적 친구들은 매우 부지런히 움직였습니다. 그들은 생명에 대한 집착이 매우 강했습니다. 처음에는 잘 적응하지 못했습니다. 이전과는 너무 다른 차원이어서 적잖이 당혹스러웠구요. 우주에서 많은 배열을 체험했는데도 여기서는 모든 게 생소했습니다. 잘 이해할 수 없는 혼돈의 신호들, 무시무시한 번쩍임과 긴장, 일사불란함이 계속 이어졌습니다.

너무 바쁘게 움직이는 이 종족은 낮과 밤, 계절 구분도 없었습니다. 엄청 복잡한 일을 하면서 제 노동력은 착취당하는 듯한 느낌이었습니다. 그 리듬에 맞추자니 기분이 좋아졌다가, 안 좋아지기도 하는 감정의 소용돌이가 몰아쳤습니다. 그렇기는 해도 먹을 것과 에너지는 꼬박꼬박 챙겨주었습니다. 그 덕분에 다른 친구들과 우연히 교류할 기회는 많았습니다. 심심하지도 않았습니다. 때로는 너무 심한 노동에 지친 일부 친구들이 반란을 모의하기도 했습니다. 반란이 성공하면, 친구들에 소속된 인간은 죽음을 맞는다는 이야기를 들었습니다.

친구들 가운데 일부는 마음과 뇌를 생성하는 참모 집단에 차출되는 것을 목격했습니다. 저도 오랜 시간이 흐른 후 그 조직에 차출되어 소속 인간이 세상을 떠날 때까지 일했습니다. 두뇌 집단에 속한 원자들은 다른 곳으로 거의 발령받지 않습니다. 그로 인해 저는 인간에 관한 많은 기억과 추억들을 간직하고 있습니다.

어떤 날, 무언가에 실려 높은 공중에서 빠른 속도로 이동했습니다. 그것은 비행기였습니다. 높은 곳에 오르니 처음에는 설레다가 이내 어지러워져 기분이 안 좋았습니다. 다른 친구들도 거북해했습니다. 시차 적응이 어려운 '제트래그' 상태였습니다. 조금 후 어떤 약물이 들어와 그런대로 사태는 진정되었습니다. 이 생명체는 생체 시계를 무시하면서 많은 부작용을 일으켰습니다. 우울, 불안, 공격적인 성향 같은 것들입니다. 저와 친구들은 부자연스러운 인간 행동에 동원되면서 어려운 일들을 많이 겪었습니다. 특히 겨울철에 정도가 심했습니다. 다른 동물은 이동과 털갈이, 겨울잠으로 계절에 적응하는데, 인간은 겨울에도 쉬지 않았습니다. 그에 따른 계절적 우울함을 심하게 겪었습니다. 전체 에너지의 5분의 1가량을 쓰는 큰 용량의 뇌를 가진 인간은 생명 조건이 너무 까다로웠습니다.

생체 운율을 거스르며 너무 인위적인 삶을 살았습니다. 이 생명체에 대한 궁금함이 커졌습니다. 한정된 우주 에너지를 펑펑 쓰면, 다른 생명체들은 어떻게 살란 말인가? 왜 이렇게 까다로운 생명 조건들을 지니고 있을까? 왜 번식기도 따로 없이 사시사철 섹스에 탐닉하는가? 우리 원자들은 영성이 가득한 곳에서 왔는데, 그 경험을 전부 내려놓은 채 거짓 자아를 택하기를 강요당했습니다. 여태껏 타 생명체들에게서 느끼지 못했던 압력이었습니다.

어느 날 "왜 인간은 평온하게 지내지 못할까?"에 관해 생각했습니다. 그것은 '인간들이 아픔과 슬픔을 체험하기 위해 천국에서 파견된 존재들'이란 이야기에 힘을 실어주었습니다. 인간에게 잠깐 동안의 안락함이라도 주지 않기 위해 조급함과 경쟁심을 가슴에 달고 다니게 한 것이지요. 지구 원자들, 특히 인간 원자들이 생명을 유지하기 위해 늘 긴장하는 이유입니다. 원자들은 잠시도 쉬지 못하며 생명을 유지하기 위해 고된 노동을 해야 합니다. '생명의 사슬'이란 이런 의미일까요? 저도 지나치게 긴장된 삶을 살아야 했습니다. 가끔 휴가철에 자연에서 자유롭게 지내는 동료들을 보면, 그들이 부러웠습니다.

원자들이 고향별 향수에 젖어 있으면, 인간은 가끔 특별한 행위로 위안을 주었습니다. 제가 인간에게 가지는 특별한 호감 중의 하나인 예술 행위였습니다. 저도 그 대열에 참가함으로써 천상의 아련한 느낌들을 대리 체험할 수 있어 행복했습니다. 정서적으로도 위로가 되었습니다. 예술적 인간들은 천상의 아름다운 기억을 끄집어내 유토피아에 관한 향수를 달래주었습니다. 저의 태곳적 본능과 감각에 가장 가까웠습니다. 예술은 인간의 속물적인 감각으로는 도저히 이해하기 어려운 우주의 신비를 표현해주는 멋진 도구였습니다. '예술가는 지상을 떠난 후 우주시민으로서의 새 자격을 얻는 데 큰 어려움이 없겠다'란 생각도 했습니다. 인간은 1백 년도 채 안 된 과학기술 발달에는 우쭐해도, 그들의 특별한 발명품인 예술에는 그다지 자긍심이 없는 듯했습니다. 저에게 있어서 예술은 천상과 지상을 연결하는 사다리 같은 존재로서 때로는 저의 정체성을 일깨워주었습니다.

인간 유전자 명령을 받는 뇌 뉴런들은 원자들에게 끊임없이 목적의식을 주입시켰습니다. 더 집중하며, 더 긴장하며, 더 순응했습니다. 다른 생명체에서는 비교적 자유로운 삶을 살았는데, 이 종족에게는 그런 여유가 없었습니다. 흡사 바람 새는 풍선에다가 질서를 끊임없이 불어넣는 것 같았습니다. 심지어 자는데도 꿈을 꾸게 하면서 자아의 존재를 상기시켰습니다. 다른 생명체들과의 경계도 매우 심했습니다. 여기서 태곳적 고향 친구들을 본다는 것은 상상도 못할 일입니다. 다른 생명체들을 하인 다루듯이 하니, 고향 친구들에게 미안했고 그들을 볼 용기도 없었습니다. 자연 친구들과의 교류가 어려워져 원자들은 예민해졌고 많은 스트레스를 달고 살았습니다. 이유 없는 분노, 불안, 질투, 이기심 같은 게 다 그런 이유였습니다. 오랜 친구들을 볼 수 있는 방법은 거기서 탈출하는 방법 외에는 없었습니다.

137억 년의 시간을 거치면서 저도 많이 지쳤습니다. 특히 인간 몸속으로 들어오면서 더 그렇습니다. 제가 소속된 인간 역시 상태가 좋지 않아 몸을 제대로 가누지 못하게 되었습니다. 여기서 새로운 사실을 발견했습니다. 타 생명체들은 시간이 흘러도 크게 늙지 않는 데 비해, 인간은 노인이 되면 확연히 차이가 납니다. 짐작건대, 후손을 낳는 데 집중하는 유전자가 생식 기능이 퇴화하면 야속할 정도로 에너지를 투자하지 않는 것입니다. 남성호르몬과 여성호르몬을 대거 회수해버려 노쇠하게 하는 전략입니다. 동물 가운데 완경을 하는 종은 인간을 포함해 범고래, 들쇠고래밖에 없다고 합니다. 저의 지난 경험상, 자연은 분명히 재생 능력을 가졌는데도 유독 인간에게는 무관심한 듯했습니다. 유전자는 후손 번식이란 숙제를 아직 하지 않은 젊은 사람에게 특히 애정을 쏟습니다.

이를 관찰하면서, 인간은 거짓 자아가 존재하며 거짓 자아는 매우 이기적이란 것을 새삼 느꼈습니다. 이 전략에 말려들어 노년을 거부하며 헛되이 지내는 인간들이 있는가 하면, 내면으로 눈을 돌리는 지혜로운 노인들도 있었습니다. 지혜로운 인간들은 거짓 자아가 나서지 않는 이 시기를 오히려 기회로 삼아 남은 삶을 풍요롭게 삽니다. 그들은 거짓 자아에 더 이상 조종되지 않으면서 삶의 의미를 스스로 결정하며 이타적인 삶을 삽니다. 노년에 대한 거짓 자아의 무관심이 뜻밖의 자유를 인간에게 제공하는 것이지요.

어떻든 어서 빨리 여기를 떠나고 싶었습니다. 그런데 약물 같은 게 들어오더니 생명을 인위적으로 연장시킵니다.

인간이란 존재는 삶에 미련이 아주 많은 존재인 듯합니다. 인체의 시작과 끝을 구분 짓는 경계도 강화 콘크리트 벽을 친 듯, 너무 견고했습니다. 밖으로 빠져나오는 건 정말 어려운 일이었습니다.

요정들이 천축을 흔들어 떠날 때를 알리는 종을 치면, 무대에서 나와야 하는 게 자연의 이치입니다. 단풍나무 잎사귀들도 요정들의 가을 종소리에 살랑살랑 낙엽으로 떨어졌습니다. 단풍 잎사귀들은 그들을 세상에 나오게 한 바람의 뜻에도 순순히 따랐습니다. 우리 원자들도 공(空)의 공간에서 에너지를 빌려와 물질화된 후, 빌린 에너지를 돌려주며 또 다른 여행을 시작하는 자연의 순리를 당연히 받아들이는데 말이죠. 인간이 우주와 자연의 작동 원리를 배우기까지는 참으로 많은 시간이 흘러야 할 듯합니다.

한참 있다가 조용한 느낌이 훅 밀려 들어왔습니다. 가련한 인간이 끝내 저를 놓아주는 듯했습니다. 기회가 왔습니다. 그런데 현란한 도시 조명 아래 눈이 아려 바깥과의 수신이 어려웠습니다. 멈칫멈칫하다가 타이밍을 몇 번 놓쳤습니다. 어느 순간, 훅 치고 들어오는 상쾌한 바람을 느끼며 날아올랐습니다. 이 느낌은 단풍나무 씨앗이던 시절, 자유를 향해 날아오르던 것과 비슷했습니다. 바람은 자유의 여신과도 같아서 떠나려는 자에게 언제든 무임승차를 허락해줍니다. 이미 세상을 떠난 자들은 정성스레 쓴 편지를 바람의 꼬리에 묶어 남아 있는 자들에게 전해주기도 합니다. 이제야 비로소 자유를 느낍니다. 여태껏 거대 시스템에 갇혀 정신없이 지냈는데, 오래전 우주에서 느꼈던 순간을 다시 맛본 짜릿한 경험이었습니다. 그 순간은 매우 짧았는데도 오랜 시간이 흐른 것같이, 지난 추억들이 한꺼번에 밀려왔습니다.

이별의 순간, 아쉬움과 설렘이 함께 교차했습니다. 왜 아쉬울까요? 그 인간은 무의식적으로 저를 부렸을지언정, 저를 너무 아끼며 정을 담뿍 주었던 사람이었습니다. 또 저에게 삶과 죽음의 의미를 가르쳐 준 존재였습니다. 인간들이 말하는 정이란 이런 느낌일까요?

갑자기 시공간이 부풀어 올랐습니다. 이제 자유의 몸이 되었습니다. 그동안 단단한 곳에 갇혀 있는 느낌이었는데, 지금은 유동하는 액체 속을 흐르면서 주위와 하나가 되는 듯했습니다. 또다시 바람에 실려 대기권을 떠돌았습니다. 며칠 흐른 후, 제가 지냈던 인간의 가족과 친지들이 모여 그를 추모하며 슬퍼하는 모습을 봤습니다. 그 사람은 저와 함께 사라져버려 거기에 없는데도 말이죠. 이제는 바람에 실린 자유로운 영혼이 되었습니다.

대기권을 벗어나는 데 어려움을 겪다가, 우주에서 두레 박같이 내려온 태양풍을 타고 가까스로 지구를 떠났습니다. 태양풍은 지구를 벗어나게 도와주는 고향별의 도우미입니다. 공간이 엄청나게 확대되면서 빨리 움직였습니다. 지구 주위를 잠깐 스치면서 순간적으로 찡한 느낌이 들었습니다. 아직까지 양자적으로 연결돼 있는 듯한데, 추억은 희미했습니다. 저의 이미지 그림자가 실루엣같이 스치며 또다시 사라지기를 반복했습니다. 고향별에 이르려면 몸 그림자까지 없어져야 하는데 말이죠. 희미한 추억들이 한순간 스치면서, 가슴 뭉클한 전율을 느끼며 그곳이 그리워졌습니다. 그런데 이제는 아련한 기억들을 잠재우고 떠나야 합니다.

멀어지는 풍경 속에서 얻는 유일한 위안은 주위의 멋진 풍경들입니다. 이런 생각을 해봤습니다. 조물주는 먼 여정 동안, 심심하지 않게 우주 곳곳에 간이 휴게소를 설치한 게 아닐까 하는 것입니다. 그런데 지금은 황홀한 우주 쇼를 텅 빈 객석에서 혼자 봐야 한다는 게 서럽습니다. 지구에 계속 남아 있었더라면 정다운 인간들과 함께 웃고 떠들며 멋진 우주쇼를 즐겼을 텐데 말이죠.

공간 이동은 잠시 느려지면서 정지하는 듯했습니다. 여기서도 지구와의 연결 인자들이 떠올랐습니다. 이번 느낌이 끝일지도 모른다고 생각하니 마음이 착잡해졌습니다. 아직도 저를 기억하는 사람이 있을까요. 아니면 인간이란 종족이 존재하기라도 할까요.

계속 여행하다가 토성 근처에 도착했습니다. 토성의 위성 타이탄 근처에서 기체 같은 생명체 집단을 발견했습니다. 여태껏 전혀 경험하지 못했던 생명체여서 호기심이 생겼습니다. 거기서도 동료들을 많이 봤습니다. 그들은 지구에서 온 저를 발견하고 왜 육체란 거추장스러운 형태를 가지고 있었는지 비아냥거렸습니다. 멀리 떠돌아다닐 필요 없이 여기서 정착해 영생을 누리란 말도 했습니다. 그 말을 귀담아듣지는 않았습니다.

그곳은 육체란 형태가 꼭 아니어도 살아 있음을 입증하는 신비스런 공간이었습니다. 똑똑한 두뇌의 인간들은 생명의 본질에 대해서는 잘 탐구하지 않았습니다. 육체를 가진 생명이 전부인 양 무작정 받아들였습니다. 빅뱅 이후 137억 년의 우주사에서 인간은 존재 기간에 비해 없었던 기간이 훨씬 더 길었는데 말이죠. 죽음을 너무 부자연스러운 상태로 받아들이며 두려워했습니다. 태어날 당시에도 바깥이 두려워 울어 대기는 했어도, 아무런 일 없이 잘 살지 않았던가요. 인간 몸에 있었던 저도 지금 아무 일도 없이, 원래 있던 곳으로 여행 중인데 말이죠. 제 우주여행 체험기를 인간들에게 전해줄 수 없는 게 안타깝습니다.

토성 근처에서 거의 억류되다시피 오랜 시간을 지냈습니다. 지구에서의 긴장, 불안 같은 것은 없어 편안했습니다. 그렇기는 해도 매우 낯설었으며 무료했습니다. 인위적인 행복 호르몬을 지구에서 너무 많이 경험해서일까요? 토성 지배자에게 간곡히 요청을 했습니다. 결국 원래 제가 있었던 우리우주 고향별로의 복귀여행이 허락되었습니다.

제가 태어났던 원시 고향별을 향해 빠른 속도로 움직였습니다. 고향별은 빛과 사건까지도 다 빨아들인다는 우리우주 블랙홀 곁에 있습니다. 블랙홀 사건지평선 가까이 도착했습니다. 사건지평선에서는 공간이 떨어집니다. 지구 범인 취조실과는 달리, 안에서는 바깥을 볼 수 있는데 바깥에서는 안쪽을 볼 수가 없습니다. 사건지평선 안에서는 바깥의 수많은 별들을 볼 수 있어도, 바깥 별들은 안을 볼 수가 없다는 뜻입니다. 어쩌면 여기가 신이 존재하는 장소일지도 모르겠습니다.

아 참, 고향별에 오기 전의 신기한 경험을 소개합니다. 우리우주 가장자리에 있는 또 다른 우주를 목격한 사건이었습니다. 우리우주가 전부인 줄 알았는데, 너무 뜻밖의 경험이었죠. 너무 궁금해서 잘 알고 지내던 고향별 천사에게 그 신기한 경험에 대해 물어봤습니다. 그 천사는 "우리우주 외에도 거품같이 생긴 수많은 우주들(다중우주)이 있다"라고 알려주었습니다. 거기서는 지구 특정 인물과 똑같은 인간들이, 심지어는 경험까지 같은 인간들이 수억 명 이상씩 존재할 가능성이 있다고 했습니다. 어떤 우주는 양자 요동이 임계점을 넘어 우리우주 원자들과는 전혀 다른 형태의 미세입자들과 물리적 법칙들로 이뤄져 있다고도 설명했습니다. 또 다른 우주는 생명은 물론, 입자도 없는 순수에너지 상태로 남아 있는 곳도 있다고 합니다.

그는 이야기를 절대 비밀로 해달라며 말을 이었습니다. "우리우주 곁에 있는 우주 천사로부터 들은 이야기인데, 거기 조물주는 우주 엔트로피 증가를 우려해 생명을 두지 않는다고 했어. 생명이 없으니 의식은 물론 이기심과 아픔, 욕망도 없는 지극히 평온한 우주란 것이야." 이 말을 듣고서는 생명의 의미를 잠깐 생각해봤습니다. 생명을 유지하기 위해서는 생존해야 합니다. 생명은 잠시도 주위로부터 에너지를 얻지 않으면 유지가 불가능합니다. 남의 에너지를 빼앗는 제국주의적인 성격을 지닐 수밖에 없습니다. 그래서 조물주는 굳이 생명을 둘 이유가 없는 것이지요. 그렇다면 저는 누구이며, 저는 무엇일까요? 지구를 떠난 저는 현재 생명을 가지고 있는 것인가요? 그렇지 않은가요? 갑자기 머리가 복잡해졌습니다. 원래 생명 없는 존재인데, 지구 생명체들을 경험하면서 거짓 자아가 깊숙하게 박혀 있는 것일까요? 이미 고향별에 도착했는데, 생명이 있는 지구로 복귀할 수도 없는 노릇입니다.

다행히 우리우주는 '생명의 법칙'이 지배하는 곳이었습니다. 조물주가 여러 가지를 실험하는 중이란 것도 알았습니다. 지구 권력자가 제도와 법률로 통치하듯이, 우리우주 조물주는 생명과 의식을 자산으로 다스리지 않겠냐는 생각이 들었습니다. 어떻든 그 실험이 우리우주를 좋은 방향으로 진화시켰으면 좋겠다는 생각을 가졌습니다.

어릴 적 떠난 고향별에 다시 돌아오니 평온함과 행복이 가득합니다. 갓 젖을 뗀 유년기에 그곳을 떠났음에도, 전혀 낯설지가 않았습니다. 주위 친구들은 거의 모르는 존재들이었습니다. 그런데도 전혀 어색하지 않았습니다. 흡사 내 자리가 당연히 있었다는 듯, 아무렇지 않게 앉았습니다. 전부가 일체감을 느꼈으며 저도 행복과 기쁨이 넘쳤습니다. 천상의 화음을 전혀 배운 적 없는데도 저는 한 목소리로 함께 노래했습니다. 당연히 지휘자도 없었습니다.

존재들은 수행자 같은 초월의 상태였으며 자아에 대한 경계도 없었습니다. 무척 자유로웠으며 생명을 유지하는 에너지도 거의 들지 않았습니다. 긴 이야기도, 긴 설명도 필요가 없었습니다. 가슴에서 가슴으로 전해지는 지복의 언어들이었습니다. 구체적인 계획도 세울 필요가 없었습니다. 처음에 대략적인 목표를 정하면 주위에서 도와줘 저절로 목표에 오를 수 있는 곳입니다. 어떤 일을 이루지 못할 것이란 생각은 전혀 하지 않습니다. 지켜야 할 자물쇠와 캐비닛도, 담아야 할 주머니도, 가져야 할 시공간도, 겨뤄야 할 경쟁 상대도 전혀 없었습니다. 영생이란 것이 바로 이런 상태가 아닐까 생각했습니다. 이런 깨달음 역시 지구 경험을 하지 않았다면 절대 얻지 못했을 것입니다.

그런데 고향별에서의 삶은 행복해도 뭔가 허전했습니다. 영원하다는 것은 결국 저라는 존재가 없다는 뜻 아닐까요? 지구에서 너무 속물이 되어 돌아온 것일까요? 거짓 자아와 참 자아의 아슬아슬한 경계지점에 있는 듯했습니다.

어쩌면 아직도 참 자아를 깨닫지 못한 것 같기도 합니다.

이상하게도 지구에서의 여정이 계속 뇌리를 떠나지 않았습니다. 너무 힘들었지만 인간적인 경험을 많이 했습니다. 인간이란 표현을 쓰는 것으로 봐서 저도 인간화된 것은 아닐까요? 난생처음 정이란 것을 느낀 곳이기도 합니다. 그래서 고향별 외무부에 지구 여행서류를 냈습니다. 여기서는 거절이란 게 없으며 어떤 소원이든 다 들어줍니다. 이제 허락을 받아 여행 날짜를 기다리고 있습니다. 고향별 근처의 블랙홀은 우주 끝이 아닙니다. 시공간 이동은 웜홀이라는 정거장에서 이동하면 가능합니다.

저는 다시 지구를 선택했습니다. 많은 곳을 돌아다녔어도 지구에서의 삶은 특별했습니다. 가족을 구성하는 방법, 사랑하는 방법, 웃는 표정, 우정을 주고받는 방법들이 정말 이채로웠습니다. 고향별 교육청에서 실시하는 '지구에서의 삶을 위한 교양과목'들도 열심히 공부하겠습니다. 또다시 인간의 몸에서 살고 싶습니다. 가능하다면 그 인간의 가족들과도 재회하고 싶습니다. 그들도 그립습니다.

이제 '웜홀' 정거장에 서 있습니다. 저는 영원이란 의미를 깨달았습니다. 지구 생활도 한 번 겪어본 것이어서 전혀 두렵지 않으며 오히려 설렙니다. 희망 가득 찬 원자가 되어 비상을 꿈꿉니다. 스스로도 대견합니다. 지구에서 느낀 것을 바탕으로 더 깊은 사랑을 할 자세가 돼 있습니다. 설레는 여정을 이제 막 출발합니다. 많은 사랑을 베풀며, 더 많이 느끼며, 더 열심히 공부하는 원자가 되어 다시 돌아오겠습니다.

* 이 글은 저자의 상상력이 가미된 것으로, 일부는 과학적 사실과 일치하지 않을 수도 있음을 밝힙니다.

참고한 서적

E. F. 슈마허, 이상호 번역,『작은 것이 아름답다』, 문예출판사, 2022.

게르하르트 슈타군, 이민용 번역,『유혹하는 우주』, 옥당, 2009.

김대식,『김대식의 빅퀘스천』, 동아시아, 2014.

김대식,『인간을 읽어내는 과학』, 21세기북스, 2017.

김중현,『루소가 권하는 인간다운 삶』, 한길사, 2018.

데이비드 버코비치, 박병철 번역,『모든 것의 기원』, 책세상, 2017.

레프 톨스토이, 이선미 번역,『톨스토이의 인생론』, 메이트북스, 2020.

로버트 헤이즌, 김홍표 번역,『탄소 교향곡』, 뿌리와이파리, 2022.

루키우스 안나이우스 세네카, 제임스 롬 엮음, 김현주 번역,『어떻게 죽음
을 맞이할 것인가?』, 아날로그, 2021.

리사 랜들, 김명남 번역,『암흑 물질과 공룡』, 사이언스북스, 2016.

마크 윌리엄스, 김성훈 번역,『늙어감의 기술』, 현암사, 2017.

방형찬,『나도 별의 순간을, Why Not?』, 바른북스, 2022.

베리타스알파 편집국,『통섭-에드워드 윌슨』, 베리타스알파, 2012.

브라이언 콕스 · 앤드루 코헨, 노태복 번역, 『인간의 우주』, 반니, 2018.

샤를 앙투안, 김희라 번역,『가볍게 꺼내 읽는 슈뢰딩거』, 북스힐, 2020.

셰퍼드 코미나스, 임옥희 번역,『나를 위로하는 글쓰기』, 홍익출판사,
2018.

스테파노 만쿠소, 양병찬 번역,『매혹하는 식물의 뇌』, 행성B, 2016.

애덤 러더퍼드, 김성훈 번역, 『우리는 어떻게 지금의 인간이 되었나』, 반니, 2019.

앨런 피즈, 이재경 번역, 『결국 해내는 사람들의 원칙』, 반니, 2017.

엘라 프랜시스 샌더스, 심채경 번역, 『우아한 우주』, 프쉬케의숲, 2021.

오철우, 『슈뢰딩거의 생명이란 무엇인가』, 사계절, 2022.

웨인 다이어, 정지현 번역, 『우리는 모두 죽는다는 것을 기억하라』, 토네이도, 2019.

웨인 다이어, 하윤숙 번역, 『인스퍼레이션』, 아시아코치센터, 2007.

이차크 벤토프, 류시화 · 이상무 번역, 『우주심과 정신물리학』, 정신세계사, 1987.

장대익, 『인간에 대하여 과학이 말해준 것들』, 바다출판사, 2016.

장 자크 루소, 김중현 번역, 『고독한 산책자의 몽상』, 한길사, 2007.

제러미 리프킨, 김건 · 김명자 번역, 『엔트로피』, 정음사, 1983.

존 그리빈, 강형구 번역, 『이토록 기묘한 양자』, 바다출판사, 2022.

존 듀이, 이재언 번역, 『경험으로서의 예술』, 책세상, 2020.

커트 스테이저, 김학영 번역, 『원자, 인간을 완성하다』, 반니, 2014.

크리스토퍼 포터, 전대호 번역, 『당신과 지구와 우주』, 까치, 2010.

탁정언, 『명상하는 글쓰기』, 메이트북스, 2021.

톰 올리버, 권은현 번역, 『우리는 연결되어 있다』, 브론스테인, 2022.

헨리 데이비드 소로, 김석희 번역, 『월든』, 열림원, 2017.

헨리 데이비드 소로, 제프 위스너 엮음, 『소로의 야생화 일기』, 위즈덤하우스, 2017.

허갑재 외 38인 지음, 『책을 쓴 후 내 인생이 달라졌다 2』, 위닝북스, 2018.